AtV

William Shakespeare wurde am 23.4.1564 in Stratford-on-Avon als Sohn einer angesehenen Bürgerfamilie geboren. Er besuchte die Lateinschule in Stratford und heiratete 1582 die Gutsbesitzerstochter Anne Hatheway. Vermutlich 1584 ging er nach London, wo er als Schauspieler, Bühnenautor und schließlich Teilhaber des 1599 gegründeten Globe-Theaters wirkte. Zu Wohlstand gelangt, zog er 1611 wieder nach Stratford, wo er am 23.4.1616 verstarb.

Shakespeares Gesamtwerk umfaßt 37 Komödien, Tragödien und Historien, 154 Sonette, zwei Versepen und viele Gedichte. Nach wie vor ist er der meistgespielte Dramatiker auf den deutschen Bühnen und den Bühnen der Welt.

Alles gerät durcheinander am Hof König Ferdinands, als die Prinzessin von Frankreich mit ihren drei Edelfräulein dort erscheint. Eigentlich hatten sich der König und seine drei Getreuen geschworen, sich in einer platonischen Akademie nur mit philosophischen Studien und asketischen Übungen zu befassen. Nun ertappen sich die Männer gegenseitig beim heimlichen Vortrag von Sonetten und Liebesliedern. Bis schließlich einer von ihnen den Mut aufbringt, die Heuchelei zu beenden, und die Augen der Frauen zu »Buch, Kunst und hoher Schule« und die Liebe zur wahren Akademie des Lebens erklärt.

William Shakespeare

# VERLORENE LIEBESMÜH'

Aus dem Englischen
von Wolf Graf Baudissin

Aufbau Taschenbuch Verlag

Titel der Originalausgabe
Love's Labour's Lost

ISBN 3-7466-5553-6

2. Auflage 2000
Aufbau Taschenbuch Verlag GmbH, Berlin 2000

Umschlaggestaltung Preuße & Hülpüsch Grafik Design
unter Verwendung eines Fotos von Hulton Getty
Druck Elsnerdruck GmbH, Berlin
Printed in Germany

www.aufbau-verlag.de

# PERSONEN

Der König von Navarra
Biron } *Herren im Gefolge des Königs*
Longaville
Dumain
Boyet
Mercade
Don Adriano de Armado, *ein Spanier*
Nathanael, *ein Dorfpfarrer*
Dumm, *ein Konstabel*
Holofernes, *ein Schulmeister*
Schädel, *ein Bauer*
Motte, *Page des Don Adriano de Armado*
Ein Förster

Die Prinzessin von Frankreich
Rosaline } *Hoffräulein der Prinzessin*
Maria
Katharine
Jacquenette, *ein Milchmädchen*

Gefolge des Königs und der Prinzessin

*Szene: in Navarra*

# Erster Aufzug

## Erste Szene

*Navarra. Park vor dem königlichen Schloß.*
*Es treten auf der König, Biron,*
*Longaville und Dumain.*

KÖNIG: Mag Ruhm, den jeder sucht, solang' er lebt,
Leben in Schrift auf unserm erznen Grabe
Und dann uns zieren in des Todes Unzier;
Wenn, trotz der räuberisch gefräß'gen Zeit,
Das Streben dieser Gegenwart uns kauft
Die Ehre, die der Sichel Schärf' ihr stumpft,
Und uns zu Erben macht der ganzen Zukunft. –
Deshalb, ihr tapfern Sieger! – denn das seid ihr,
Die ihr die eigne Neigung kühn bekämpft,
Zusamt der ird'schen Lüste mächt'gem Heer, –
Bleib' unser letzt Gebot in voller Kraft:
Navarra soll das Wunder sein der Welt;
Sein Hof sei eine klein' Akademie,
Der Kunst stiller Beschaulichkeit ergeben.
Ihr drei, Biron, Dumain und Longaville,
Beschwurt, drei Jahre hier mit mir zu leben
Als Schulgenossen, den Gesetzen treu,
Die auf der Tafel hier verzeichnet stehn.
Ihr schwurt den Eid: nun unterschreibt die Namen,
Damit die eigne Hand des Ehre fälle,
Der hievon nur den kleinsten Punkt verletzt:

Seid ihr zum Handeln wie zum Schwur bereit,
So unterschreibt und haltet streng den Eid!
Longaville: Gebt her; es gilt ja nur dreijährig Fasten;
Die Seele schmaust, ob auch der Körper darbt:
Ein fetter Bauch hat magres Hirn; je feister
Die Rippen, um so eh'r bankrott die Geister.
Dumain: Mein teurer Fürst, Dumain will Buße tun;
Den gröbern Reiz der Welt und ihrer Freuden
Läßt er dem stumpfen Knecht der groben Welt:
Der Lust, dem Pomp, dem Reichtum will ich sterben,
In der Philosophie all dies zu erben.
Biron: Ich kann nur ihr Beteuern wiederholen,
Was ich, mein bester Fürst, bereits gelobt:
Das heißt, drei Jahr studierend hier zu leben.
Doch gibt's noch andre strenge Observanzen,
Als: keine Frau zu sehn in all der Zeit,
Was, hoff' ich sehr, nicht im Verzeichnis steht;
Und einen Tag der Woche nichts zu essen,
Und außerdem nur täglich e i n Gericht,
Was, hoff' ich, auch nicht im Verzeichnis steht:
Und dann drei Stunden Schlaf nur in der Nacht,
Und keinen Augenblick am Tage schlummern
(Da ich gewohnt, kein Arg zu haben nachts,
Und Nacht zu machen aus dem halben Tage),
Was, hoff' ich sehr, nicht im Verzeichnis steht.
O trocknes Mühn! O allzuschwere Lasten!
Studieren, keine Frau sehn, wachen, fasten!
König: Eu'r Eid gibt auf, dies alles aufzugeben.
Biron: Ich sage nein, mein Fürst! Ihr müßt vergeben:

Drei Jahr an Euerm Hof zu leben nur
Und mit Euch zu studieren, war mein Schwur.
Longaville:
Der eine Schwur schließt auch die andern ein.
Biron: Dann schwur ich nur zum Spaß, bei ja und nein. –
Was ist der Zweck des Studiums? Laßt mich's wissen!
König: Nun, das zu lernen, was wir jetzt nicht wissen.
Biron: Was unerforschlich ist gemeinem Sinn? –
König: Das ist des Studiums göttlicher Gewinn.
Biron: Dann, schwör' ich Euch, studier' ich andachtsvoll,
Zu lernen das, was ich nicht wissen soll.
Als, wo ich mag ein leckres Mahl erspähn,
Da uns zum Fasten unser Eid verpflichtet;
Und wo ich kann ein hübsches Mädchen sehn,
Seit auf der Schönen Anblick wir verzichtet:
Oder, wie man zu harten Eid umgehe,
Daß man ihn brech' und doch die Treu' bestehe.
Wenn dies der Studien Ziel und edler Preis,
Dann lehrt mich Studium, was ich noch nicht weiß:
Dann schwör' ich gern, gelob' Euch allen Fleiß.
König: Der Anstoß eben hemmt, wenn man studiert,
Der unsern Geist zu eitler Lust verführt.
Biron: Eitel ist jede Lust, am meisten, die
Mit Mühen kaufend nichts erwirbt als Müh';
Als, mühevoll den Geist zum Buch gewendet,
Suchend der Wahrheit Licht; Wahrheit indessen
Hat täuschend schon des Auges Blick geblendet,
Licht suchend hat das Licht des Lichts vergessen:
Und statt zu spähn, wo Licht im Finstern funkelt,

Erlosch dein Licht, Nacht hat dein Aug' umdunkelt.
Studiert vielmehr, was Euer Aug' entzücke,
Indem Ihr's auf ein schönres Auge wendet,
Das blendend uns zugleich mit Trost erquicke,
Und, raubt es Licht, uns neue Sehkraft spendet.
Studium vergleich' ich mit dem Strahl der Sonnen:
Kein frecher Blick darf ihren Glanz ergründen;
Was hat solch armer Grübler sich gewonnen,
Als Satzung, die im fremden Buch zu finden?
Die ird'schen Paten, die im Himmelsheer,
Gevattern gleich, jedweden Stern benennen,
Erfreun sie sich der hellen Nächte mehr,
Als die umhergehn und nicht e i n e n kennen? –
Allzuviel wissen heißt mit Worten kramen,
Und jeglicher Gevatter kann benamen.

KÖNIG: Ei, wie belesen er aufs Lesen wütet!
DUMAIN: Wie rasch fortschreitend er das Gehn verbietet!
LONGAVILLE: Er will das Korn getilgt, Unkraut behütet!
BIRON: Der Lenz ist nah, wenn Gans und Ente brütet.
DUMAIN: Wie paßt sich das?
BIRON: Es paßt für Zeit und Ort.
DUMAIN: Nicht für den Sinn! –
BIRON: So reimte doch das Wort.
LONGAVILLE:
Biron ist gleich den neid'schen, frost'gen Winden!
Er knickt die ersten Blumen, die entspringen.
BIRON: Und wär' ich's? Soll sich Sommer stolz verkünden,
Eh' noch ein Vogel Ursach' hat zu singen? –
Soll ich unzeitiger Geburt mich freun?

Ich mag um Neujahr Rosen nicht verlangen,
Noch Schnee, wenn Lenz und Mai mit Blüten prangen:
Jegliche Frucht muß Reif' und Zeit erlangen.
So kommt für euch zu spät das Lernen nach;
Ihr wollt zur Haustür klettern übers Dach.

König: So scheidet aus, Biron, und geht sofort!

Biron: Nein, teurer Herr, ich bleib', ich gab mein Wort.
Sprach ich gleich mehr zum Ruhm der Barbarei,
Als für den Engel Weisheit Ihr könnt sagen:
Doch halt' ich meinen Eidschwur streng und treu
Und will drei Jahr die Buße täglich tragen.
Zeigt mir das Blatt, und was es auch begehrt,
Dem Härtsten sei die Unterschrift gewährt.

König: Solch edle Rückkehr hat dich hoch geehrt.

Biron *liest*: »Item, daß kein Weib unserm Hof auf eine Meile nah kommen dürfe.« – Ist dies bekannt gemacht? –

Longaville: Schon seit vier Tagen.

Biron: Und welche Strafe steht darauf? *Liest.* »Bei Verlust ihrer Zunge.« Ei, wer gab den Bescheid?

Longaville: Ich selber schrieb ihn heut.

Biron: Und wozu so viel Leid?

Longaville:
Zu schrecken durch der Strafe Furchtbarkeit.

Biron: Ein arg Gesetz doch für die Höflichkeit! – *Er liest.* »Item, sieht man einen Mann in dem Zeitraum von drei Jahren mit einem Weibe sprechen, so soll er so viel öffentliche Schmach erdulden, als der übrige Hof nur immer zu ersinnen vermag.«
Den Punkt, mein Lehnsherr, müßt Ihr selber brechen;

Denn Frankreichs König schickt in unser Land
Die eigne Tochter her, mit Euch zu sprechen,
Durch seltnen Reiz und Hoheit weltbekannt.
Für ihren Vater, alt, gelähmt und kränklich,
Fragt sie um Aquitaniens Räumung an;
Drum scheint der Punkt umsonst mir und bedenklich,
Dafern sie nicht den Weg umsonst getan.

KÖNIG: Wie nur der Umstand uns so ganz entfiel!

BIRON: So schießt das Studium immer übers Ziel:
Weil es studiert zu haschen, was es wollte,
Vergaß es auszurichten, was es sollte;
Und hat es nun, worauf es lang gesonnen,
Ist's, wie im Sturm gewonnen, so zerronnen.

KÖNIG: Dann freilich sind zur Änd'rung wir gezwungen;
Denn hier verweilen muß sie notgedrungen.

BIRON: Und all die Eide wird die Not zerbrechen
Dreitausendmal, noch eh' drei Jahre schwinden:
Denn jeder Mensch hat angeborne Schwächen,
Die Gnade nur, nicht Kraft kann überwinden.
Drum sei mein Trost, verletz' ich das Gebot:
Mich zwang zum Meineid unumgänglich Not. –
So steh' mein Name deutlich hier gleich allen,
Und wer das kleinste der Gesetze kränkt,
Der sei der ew'gen Schmach anheimgefallen;
Versuchung ist, wie andern, mir verhängt.
Doch hoff' ich, schein' ich auch verdrossen jetzt,
Von allen brech' ich wohl den Eid zuletzt. –
Doch, wird kein Scherz zur Stärkung uns gewährt?

KÖNIG: O ja! Ihr wißt, an unserm Hof verkehrt

Ein Reisender aus Spanien; ein Exempel
Der neusten Mod', in Feinheit wohl belehrt,
Des Hirn Sentenzen ausprägt, wie ein Stempel:
Einer, dem die Musik der eignen Stimme
So süß dünkt als ein überirdisch Tönen;
Das Muster eines Manns, den ihrem Grimme
Unrecht und Recht gewählt, sie zu verhöhnen.
Dies Kind der Laune, Don Armado heißt er,
Erzählt mit schwülst'gem Wort in Mußestunden
Das Tun und Wirken hoher Waffenmeister
Aus Spaniens Glut, im Strom der Zeit entschwunden.
Ich weiß nicht, edle Herrn, wie ihr ihn schätzt,
Doch wahr ist, daß sein Lügen mich ergötzt,
Und daß er meine Sänger mir ersetzt.

Biron: Armado ist der Mod' erlauchter Hort,
Und funkelneu von Phras' und seltnem Wort.

Longaville:
Mit ihm soll Schädel uns die Stunden würzen
Und der drei Jahre strenge Zeit verkürzen.

*Dumm mit einem Brief, und Schädel treten auf.*

Dumm: Welches ist des Herzogs eigne Person?

Biron: Dieser, Freund; was wollt'st du? –

Dumm: Ich selber präsumiere seine eigne Person, denn ich bin Seiner Hoheit Schersant; aber ich möchte gern seine Person in Fleisch und Blut sehn.

Biron: Dieser ist's.

Dumm: Signor Arme – Arme, – empfiehlt Euch. Da ist 'ne Schelmerei im Werk, dieser Brief wird Euch mehr sagen.

SCHÄDEL: Der ganze Unbegriff davon betrifft gleichsam mich.

KÖNIG: Ein Brief von dem glorreichen Armado.

BIRON: Wie niedrig auch der Inhalt, so hoffe ich doch, bei Gott! auf hohe Worte.

LONGAVILLE: Eine hohe Hoffnung auf ein niedriges Fazit; Gott verleihe uns Geduld! –

BIRON: Zu hören? oder mit Hören verschont zu bleiben? –

LONGAVILLE: Lässig zu hören, und mäßig zu lachen; oder mit beidem verschont zu bleiben.

BIRON: Wohlan, sei es so, wie der Stil uns Anlaß geben wird, die Ernsthaftigkeit mit Stumpf und Stiel auszurotten.

SCHÄDEL: Der Inhalt bin ich, Herr, so weit es die Jacquenetta betrifft. Art, Weise und Grund von der Sache anlangend, so ward ich ertappt, daß es eine Art hatte.

BIRON: Auf welche Weise?

SCHÄDEl: Paarweise.

BIRON: Und auf welchen Grund?

SCHÄDEL: Auf dem Grunde des Parks sitzend, da habt Ihr Art, Grund und Weise, und zwar folgender Weise: Was die Art betrifft, so ist's die Art eines Mannes, mit einem Mädel zu reden, – was den Grund, – so gründlich er kann; –

BIRON: Und die folgende Weise? –

SCHÄDEL: Nun, die wird sich wohl in meiner Zurechtweisung ausweisen, und Gott schütze das Recht! –

KÖNIG: Wollt ihr den Brief mit Aufmerksamkeit anhören?

BIRON: Wie wir delphische Ausrufungen vernehmen würden.

SCHÄDEL: Das glaub' ich, Schellfische hört man immer gern ausrufen.

KÖNIG *liest*: »Großer Statthalter, des Firmaments Vizeregent und alleiniger Selbstherrscher Navarras, meiner Seele irdischer Gott, und meines Leibes Nahrung spendender Patron, –«

SCHÄDEL: Noch kein Wort von Schädel!

KÖNIG: »So ist es, ....«

SCHÄDEL: Es kann so sein; aber wenn er sagt, es ist so, so ist er, die Wahrheit zu sagen, nur so so.

KÖNIG: Friede! –

SCHÄDEL: Mit mir und jedem, der nicht fechten mag! –

KÖNIG: Kein Wort!

SCHÄDEL: – Von andrer Leute Geheimnissen, das bitt' ich mir aus.

KÖNIG *liest*: »So ist es: Belagert von der düsterfarbigen Melancholei empfahl ich den schwarzdrückenden Humor der allerheilsamsten Arznei Deiner Gesundheit atmenden Luft, und so wahr ich ein Edelmann bin, entschloß ich mich, zu lustwandeln. Die Zeit wann? um die sechste Stunde, wenn das Vieh am meisten graset, der Vogel am besten pickt, und der Mensch sich niedersetzt zu derjenigen Nahrung, welche genannt wird Abendessen. So viel in Betracht der Zeit wann. Nun von dem Grunde welchen; auf welchem, meine ich, ich wandelte; selbiger wird benamset Dein Park. Sodann in Betracht des Ortes wo; wo, meine ich, ich stieß auf jene obszöne und höchst unzielsetzliche Begebenheit, welche meiner schneeweißen Feder die ebenholzschwarze Tinte entlockt, so Du hier betrachtest, schauest, erblickest oder wahrnimmst. Anlangend jedoch den Ort wo: er liegt Nordnordost gen Ost von dem westlichen Winkel Deines seltsam geschürzten Gartens; alldaselbst sahe ich jenen staubsinnigen Schäfer, jenen verworfenen Gründling deiner Scherzhaftigkeit, –«

SCHÄDEL: Mich! –

KÖNIG *liest*: »Jene unpolierte, kenntnisarme Seele, –«

SCHÄDEL: Mich!

KÖNIG *liest*: »Jenen armseligen Hintersassen, –«

SCHÄDEL: Immer noch mich! –

KÖNIG *liest*: »Welcher, so viel ich mich erinnere, geheißen ist Schädel, –«

SCHÄDEL: Hoho! mich selbst! –

KÖNIG *liest*: »Gesellt und vergesellschaftet, entgegen Deinem manifestierten, proklamierten Edikt und oktroyerten Statut, mit, – mit, – o mit, – aber es erschüttert mich, zu sagen, womit, –«

SCHÄDEL: Mit einem Weibsbilde.

KÖNIG *liest*: »Mit einem Kinde unserer Ahnfrau Eva, einem weiblichen Gebilde; oder, geeigneter Deinem lieblichen Verständnis, einem Mägdlein. Diesen (wie meine stets bewährte Pflicht mich spornt) sende ich Dir, den Lohn, seine Bestrafung, zu empfahen durch Deiner süßen Hoheit Gerichtsdiener, Antonius Dumm, einen Mann von gutem Ruf, Betragen, Verhalten und Ansehn.«

DUMM: Mich, mit Euer Gnaden Vergunst; ich bin Anton Dumm.

KÖNIG *liest*: »Jacquenetta betreffend, – (so ist das schwächere Gefäß geheißen, welche ich überraschte mit vorbemeldetem Bauersmann –), so bewahre ich selbige als ein Gefäß für Deines Gesetzes Furie, und soll sie auf den geringsten Wink Deines holden Wohlmeinens zum Gerichte geführt werden. Der Deine, in allen Erfüllungen dahin gegebener und herzbrennender Glut des Diensteifers,

Don Adriano de Armado.«

BIRON: Dies ist nicht so gut, als ich erwartete, aber das Beste, das ich je gehört.

KÖNIG: Jawohl, das Beste im Schlechtesten. Aber Ihr da, mein Freund, was sagt Ihr dazu? –

SCHÄDEL: Herr, ich bekenne das Mädel.

KÖNIG: Hörtet Ihr nicht die Kundmachung?

SCHÄDEL: Ich bekenne, daß ich viel davon gehört, aber wenig darauf acht gegeben habe.

KÖNIG: Es ward kund gemacht: ein Jahr Gefängnis, wenn einer mit einem Weibe ertappt wird.

SCHÄDEL: Ich ward auch mit keinem ertappt. Herr, ich ward ertappt mit einer Demoiselle.

KÖNIG: Gut, es ward kund gemacht, Demoiselle.

SCHÄDEL: Es war auch keine Demoiselle, gnädiger Herr; sie war eine Jungfrau.

KÖNIG: Auch das war in dem Gesetz enthalten, es ward kund gemacht, Jungfrau.

SCHÄDEL: Wenn das ist, so leugne ich ihre Jungfrauschaft: ich ward ertappt mit einem Mädel.

KÖNIG: Dies Mädel wird Euch zu nichts helfen, Freund.

SCHÄDEL: Dies Mädel wird mir doch zu etwas helfen, Herr!

KÖNIG: Ich will dein Urteil sprechen, Bursch: du sollst eine Woche bei Wasser und Brot fasten.

SCHÄDEL: Lieber hätte ich einen Monat bei Schöpsenfleisch und Suppe gebetet.

KÖNIG: Und Don Armado soll dein Wächter sein.
Mylord Biron, laßt ihn ihm überliefern;
Und gehn wir, Herrn, damit ein jeder tut,
Was er den andern hier so fest beschworen.

BIRON: Ich setze meinen Kopf an Euern Hut,
In Spott und Schmach gehn Eid und Spruch verloren.
Komm mit, Gesell! –

SCHÄDEL: Ich leide für die Wahrheit, Herr; denn es ist wahr, ich ward mit Jacquenette ertappt, und Jacquenette ist eine wahrhafte Dirne; und deshalb, willkommen du bittrer Kelch der Glückseligkeit! – Die Trübsal wird eines Tages wieder lächeln; und bis dahin, setze dich nieder, Kummer! –

*Sie gehn ab.*

## Zweite Szene

*Ebendaselbst.*
*Es treten auf Armado und Motte.*

ARMADO: Was bedeutet es, Kind, wenn ein Mann von hohem Geist schwermütig wird? –

MOTTE: Eine große Vorbedeutung, Herr, daß er melancholisch aussehn wird.

ARMADO: Nein, Melancholie ist ja damit eins und dasselbe, teures Pfropfreis!

MOTTE: Nein, nein, o bei Leibe, nein! –

ARMADO: Wie unterscheidest du wohl Schwermut und Melancholie, mein zarter Juvenil? –

MOTTE: Durch eine faßliche Demonstration ihrer Wirkungen, mein zäher Sennor.

ARMADO: Warum zäher Sennor? Warum zäher Sennor? –

MOTTE: Warum zarter Juvenil? Warum zarter Juvenil? –

ARMADO: Ich wähle dieses »zarter Juvenil« als ein kongruentes Epitheton, anfügsam deinen jungen Tagen, welche wir treffend nennen: zart.

MOTTE: Und ich »zäher Sennor«, als einen passenden Titel für Eure alten Jahre, welche wir mit Recht nennen: zäh.

ARMADO: Artig und geschickt.

MOTTE: Wie meint Ihr, Herr: ich artig und meine Rede geschickt? oder ich geschickt und meine Rede artig?

ARMADO: Du artig, weil klein.

MOTTE: Kleinartig, weil klein. Und warum geschickt?

ARMADO: Und deshalb geschickt, weil schnell.

MOTTE: Sprecht Ihr dies zu meinem Lobe, Herr?

ARMADO: Zu deinem verdienten Lobe.

MOTTE: Ich will einen Aal mit demselben Lobe loben.

ARMADO: Wie? daß ein Aal sinnreich ist?

MOTTE: Daß ein Aal schnell ist.

ARMADO: Ich sage, du bist schnell im Antworten, du erhitzest mein Blut, –

MOTTE: Nun habe ich meine Antwort, Herr.

ARMADO: Ich liebe nicht, gekreuzt zu sein.

MOTTE *beiseit*: Umgekehrt, ihn lieben die Kreuzer nicht.

ARMADO: Ich habe versprochen, drei Jahre mit dem Herzoge zu studieren.

MOTTE: Das könnt Ihr in einer Stunde tun.

ARMADO: Unmöglich! –

MOTTE: Wie viel ist eins dreimal genommen?

ARMADO: Ich bin schwach im Rechnen; es ziemt dem Geiste eines Bierzapfers.

MOTTE: Ihr seid ein Edelmann und ein Spieler, Herr.

ARMADO: Ich gestehe beides: beides ist der Firnis eines vollendeten Mannes.

MOTTE: So wißt Ihr denn auch sicherlich, auf wie viel sich die hohe Summe von Daus und As beläuft.

ARMADO: Sie beläuft sich auf eins mehr denn zwei.

MOTTE: Und das nennt der gemeine Pöbel drei.

ARMADO: Recht!

MOTTE: Nun, ist denn das so mühsames Studium? Drei waren hier ausstudiert, eh' Ihr dreimal mit den Augen blinzt:

und wie leicht man das Wort Jahre zu dem Wort drei fügen und drei Jahre in zwei Worten studieren kann, das zählt Euch das Kunstpferd vor.

Armado: Eine hübsche Figur! –

Motte *beiseit*: Hübscher als Eure kann sie leicht sein!

Armado: Ich will überdem gestehn, daß ich in Liebe bin; und welcherleigestalt es niedrig ist für einen Soldaten, zu lieben, also auch bin ich in Liebe eines niedrigen Mägdleins. Wenn mein Schwert zu ziehen gegen den Kummer der Leidenschaft mich befreien könnte von dieser gottvergeßnen Gesinnung, so würde ich das Verlangen gefangen nehmen und es einem französischen Hofmann gegen ein neu ersonnenes Kompliment auswechseln. Ich halte es für schimpflich zu seufzen; mich dünkt, ich sollte dem Cupido abschwören. Sprich mir Trost ein, Kind: welche große Männer sind in Liebe gewesen? –

Motte: Herkules, Herr.

Armado: Holdseliger Herkules! Mehr Auktoritäten, teurer Knabe, nenne ihrer mehr; und, mein holdseliges Kind, lasse sie Männer von gutem Ruf und stattlichem Betragen sein.

Motte: Simson, Herr: der war ein Mann von gutem Betragen, großem Betragen, denn er trug die Stadttore auf seinem Rücken wie ein Lastträger; und der war in Liebe.

Armado: O wohlgefügter Simson! Stämmig gegliederter Simson! Ich übertreffe dich mit meinem Rapier so sehr, als du mich im Tortragen übertrafest. Auch ich bin in Liebe. Wer war Simsons Geliebte, mein teurer Motte?

Motte: Ein Weib, Herr.

Armado: Von welcher Komplexion?

Motte: Von allen vieren, oder dreien, oder zweien; oder von einer unter den vieren.

Armado: Sage mir ausdrücklich, von welcher Komplexion? –

Motte: Von der meergrünen, Herr.

Armado: Ist das eine der vier Komplexionen? –

Motte: So wie ich gelesen habe, Herr, und noch dazu die beste.

Armado: Grün, in der Tat, ist die Farbe der Liebenden; aber eine Geliebte von der Farbe zu haben, dazu, dünkt mich, hatte Simson nur wenig Ursache. Ohne Zweifel hatte er wegen ihres Witzes Zärtlichkeit für sie?

Motte: So ist es, Herr, denn sie hatte einen grünen Witz.

Armado: Meine Geliebte ist höchst makellos rot und weiß.

Motte: Höchst makelvolle Gedanken, Herr, sind unter dieser Farbe maskiert.

Armado: Erkläre, erkläre dich, wohlgezogenes Kindlein!

Motte: Meines Vaters Witz und meiner Mutter Zunge, steht mir bei! –

Armado: Anmutige Anrufung für ein Kind; sehr artig und pathetisch!

Motte:
Wenn rot und weiß die Mädchen blühn,
Hat Sünde nie ein Zeichen;
Sonst macht ein Fehltritt sie erglühn,
Die Furcht wie Schnee erbleichen.

Was Schuld sei oder Schrecken nur,
Wer möcht' es unterscheiden,

Wenn ihre Wange von Natur
Die Farbe trägt der beiden?

Ein gefährlicher Reim, Herr, gegen Weiß und Rot! –

ARMADO: Gibt's nicht eine Ballade, Kind, vom König und der Bettlerin?

MOTTE: Vor einigen Menschenaltern hatte sich die Welt mit einer solchen Ballade versündigt; aber ich glaube, man findet sie jetzt nicht mehr, oder wenn sie noch da wäre, sind weder Text noch Melodie zu gebrauchen.

ARMADO: Ich will diesen Gegenstand von neuem bearbeiten lassen, damit ich ein Beispiel habe für meine Abirrung an einem erhabenen Vorgänger. Knabe, ich liebe das Landmädchen, welches ich im Park mit dem vernunftbegabten Tiere Schädel ergriff; sie kann Ansprüche machen …

MOTTE *beiseit*: Aufs Zuchthaus; und mit alle dem auf einen bessern Liebhaber als meinen Herrn.

ARMADO: Singe, Knabe: mein Gemüte wird schwermütig vor Liebe.

MOTTE *beiseit*: Und das ist ein großes Wunder, da Ihr ein leichtfertiges Mädchen liebt.

ARMADO: Singe, sage ich.

MOTTE: Geduld, bis die Gesellschaft fort ist.

*Dumm, Schädel und Jacquenette treten auf.*

DUMM: Herr, des Herzogs Wille ist, daß Ihr Schädel in Sicherheit bringt; Ihr sollt ihm keine Freude, aber auch kein Leid verursachen; aber fasten soll er, drei Tage in der

Woche lang. Diese Jungfer muß ich in den Park bringen unter die Milchmädchen. Lebt wohl!

ARMADO: Ich verrate mich selbst durch Erröten. – Mädchen! –

JACQUENETTE: Männel!

ARMADO: Ich will dich in deinem Milchkeller besuchen.

JACQUENETTE: Krumm um die Ecke! –

ARMADO: Ich weiß, wo er gelegen ist.

JACQUENETTE: Herrje, wie klug er ist! –

ARMADO: Ich will dir Wunder sagen.

JACQUENETTE: Ja, Plunder! –

ARMADO: Ich liebe dich! –

JACQUENETTE: Das sind alte Kalender.

ARMADO: Und so gehab' dich wohl!

JACQUENETTE: Prost die Mahlzeit!

DUMM: Komm, Jacquenetta, fort! –

*Dumm und Jacquenette gehn ab.*

ARMADO: Bösewicht, du sollst fasten für deine Vergehungen, bevor dir verziehen wird.

SCHÄDEL: Gut, Herr; ich hoffe, wenn ich's tue, werde ich's mit vollem Magen tun.

ARMADO: Du sollst schwer bestraft werden.

SCHÄDEL: So bin ich Euch mehr verbunden als Eure Leute, denn die werden nur leicht belohnt.

ARMADO: Hinweg mit diesem Bösewicht, sperrt ihn ein! –

MOTTE: Komm, du übertretender Sklav', komm! –

SCHÄDEL: Faßt mich nur nicht an! Ich will gefaßt sein, zu fasten, wenn Ihr mich loslaßt.

Motte: Los und gefaßt zugleich? Mein Freund, du mußt ins Gefängnis.

Schädel: Gut! Wenn ich je die fröhlichen Tage der Verzweiflung wiedersehe, die ich gesehn habe, so sollen gewisse Leute sehn, –

Motte: Was sollen gewisse Leute sehn? –

Schädel: Nichts, gar nichts, Junker Motte, als was sie erblicken werden. Es schickt sich für Gefangne nicht, in ihren Reden still zu schweigen, und deswegen will ich nichts sagen. Gott sei's gedankt, ich habe nicht mehr Geduld als andre Leute; und darum kann ich ruhig sein.

*Motte und Schädel ab.*

Armado: Ja, ich verehre selbst den Boden (welcher niedrig), wo ihr Schuh (welcher niedriger) – geführt von ihrem Fuß (welcher am niedrigsten) – einhertritt. Ich werde meineidig (welches doch ein großer Beweis von Treulosigkeit), wenn ich liebe: und wie kann das echtes Lieben sein, welches mit Untreue begonnen wird? Liebe ist ein Kobold; Liebe ist ein Teufel; es gibt keinen bösen Engel, als die Liebe. Dennoch ward Simson so versucht, und er besaß eine ausnehmende Stärke; dennoch ward Salomo so verführt, und er besaß einen ziemlichen Verstand. Cupidos Pfeil ist zu stark für Herkules' Keule; wie sollte er dann nicht meiner spanischen Klinge überlegen sein? Der erste und zweite Ausfoderungsgrund können mir nicht helfen: den passado achtet er nicht, das duello erkennt er nicht an. Sein Schimpf ist, Knabe genannt zu werden; sein Triumph dagegen, Männer zu unterjochen. Fahr' hin, Tapferkeit! –

Roste, meine Klinge! – Schweige, Trommel! Denn euer Gebieter ist in Liebe; ja, er liebet. Hilf mir irgendein improvisierender Gott des Reims; denn zweifelsohne wird aus mir ein Sonettendichter. Erfinde, Witz; schreibe, Feder; denn ich bin gestimmt für ganze Bände in Folio. *Er geht ab.*

# Zweiter Aufzug

## Erste Szene

*Im Park.*
*Es treten auf die Prinzessin von Frankreich, Rosaline, Maria, Katharine, Boyet, Lords und Gefolge.*

BOYET: Nun, Fürstin, regt die feinsten Geister auf;
Denkt, wen der König, Euer Vater, sendet;
Zu wem er sendet; was sein Auftrag sei:
Ihr, kostbar in den Augen aller Welt,
Sollt unterhandeln mit dem einz'gen Erben
Jeglichen Vorzugs, des ein Mann sich rühmt,
Navarras Stolz: und das Gesuch nichts minder
Als Aquitanien, einer Kön'gin Mitgift. –
Verschwende nun so allen Zauberreiz,
Wie einst Natur den Reiz verschwendete,
Als sie der ganzen Welt ihn vorenthielt,
Um überreich nur dich damit zu schmücken.
PRINZESSIN: Wie arm, Lord Boyet, meine Schönheit sei,
Braucht sie doch nicht der Schminke Eures Lobes.
Schönheit wird nur vom Kennerblick gekauft,
Nicht angebracht durch des Verkäufers Prahlen.
Ich höre minder stolz mein Lob Euch künden,
Als Ihr Euch vordrängt, weise zu erscheinen
Und Euern Witz, mich rühmend, auszuspenden.
Doch nun dem Mahner zur Ermahnung: Ihr,

Freund Boyet, wißt, wie der geschwätz'ge Ruf
Verbreitet, daß Navarra sich verpflichtet,
Eh' mühvoll Studium nicht drei Jahr verzehrt,
Soll keine Frau dem stillen Hofe nahn.
Deshalb scheint uns notwend'ge Vorbereitung,
Eh' wir betreten sein verbotnes Tor,
Zu hören seinen Willen; und deshalb
Erlasen wir, wohlkundig Eures Werts,
Euch als beredten Anwalt unsrer Bitte.
Sagt ihm, die königliche Tochter Frankreichs,
In ernstem, Eile foderndem Geschäft,
Müss' ein Gespräch mit Seiner Hoheit heischen.
Eilt ihm dies mitzuteilen; wir erwarten,
Klienten gleich, in Demut seinen Ausspruch.

Boyet:
Stolz Eures Auftrags geh' ich willig, Teure! *Er geht ab.*

Prinzessin:
Nur will'ger Stolz ist Stolz, und so der Eure!
Wer sind, ihr lieben Herrn, die Schwurgenossen,
Die mit dem frommen Herzog dies gelobt? –

Lord: Der ein' ist Longaville.

Prinzessin: Kennt Ihr den Mann?

Maria: Ich kenn' ihn wohl. Auf einem Hochzeitfest,
Wo dem Lord Perigord die schöne Erbin
Des Jakob Faulconbridge ward anvermählt,
In Normandie, sah ich den Longaville.
Man rühmt ihn einen Mann von edlen Gaben,
Geschickt in Kunst, in Waffen hoch gepriesen;
Nichts steht ihm schlecht, was er mit Ernst versucht.

Der einz'ge Fleck in seiner Tugend Glanz
(Kann je ein Fleck den Glanz der Tugend trüben)
Ist kecker Witz mit allzudreistem Willen;
Er schneidet scharf und will mit Willen keinen
Verschonen, der in seine Macht geriet.
PRINZESSIN: Ein lust'ger Spötter also: nicht, mein Kind?
MARIA: Wer meist ihn kennt, hält meist ihn so gesinnt.
PRINZESSIN:
Witz, schnell geboren, wächst und welkt geschwind.
Wer sind die andern? –
KATHARINE: Dumain, ein wohlerzogner junger Mann:
Wer Tugend liebt, muß ihn um Tugend lieben;
Zu schaden kräftig, doch dem Bösen fremd:
Denn er hat Witz, selbst Unform zu verschönen,
Und Schönheit, die auch ohne Witz bestäche.
Ich sah ihn einst beim Herzog Alençon,
Und zu gering, dem, was ich sah, verglichen,
Ist diese Schild'rung seines hohen Werts.
ROSALINE: Noch einer dieser Akademiker
War dort mit ihm, sofern ich recht vernahm:
Biron genannt; mit einem lust'gern Mann
(Doch in den Grenzen wohlanständ'gen Scherzes)
Hab' ich noch nie ein Stündchen weggeschwatzt.
Sein Aug' erzeugt Gelegenheit für Witz;
Denn jeglich Ding, das jenes nur erfaßt,
Verwandelt dieser gleich in heitern Scherz,
Den die gewandte Zunge, seines Scharfsinns
Auslegerin, so fein und artig formt,
Daß selbst das Alter seinem Schwatzen horcht

Und Jugend ganz von ihm bezaubert wird:
So hold und leicht beschwingt ist sein Gespräch.
Prinzessin: Gott helf' Euch! Seid ihr alle denn verliebt?
Daß jede so den Ihren hat geschmückt
Mit solchem Farbenaufwand prächt'gen Lobes? –

*Boyet kommt zurück.*

Maria: Hier kommt Boyet.
Prinzessin: Nun sagt, was für Empfang? –
Boyet: Navarra weiß von Eurer Hoheit Nähe,
Und er, samt den Genossen seines Eides,
Sie waren all' Euch zu empfahn bereit,
Bevor ich kam. So viel hab' ich gehört:
Er meint, Ihr solltet eh im Felde wohnen,
Als kämt Ihr zu belagern seinen Hof,
Eh' er Entbindung sucht von seinem Eid
Und Euch herbergt in seinem öden Hause.
Hier kommt Navarra.

*Der König, Longaville, Biron und Dumain treten auf.*

König: Willkomm'n am Hof Navarras, schöne Fürstin!
Prinzessin: Schön geb' ich Euch zurück, und Willkommen hab' ich noch nicht. Das Gewölbe dieses Hofs ist zu hoch, um das Eure zu sein, und ein Willkommen auf offnem Felde zu niedrig, um mir zu geziemen.
König: Ihr sollt willkommen sein an meinem Hof!
Prinzessin: Ich will's denn sein: geleitet mich dahin!
König:
Hört mich nur an: bei Gott hab' ich geschworen, –

Prinzessin:
So helf' Euch Gott, denn Ihr habt falsch geschworen.
König: Nicht um die Welt mit meinem Willen, Fürstin!
Prinzessin:
Nun, Wille bricht ihn, Will', und anders nichts.
König: Eu'r Hoheit ist unwissend seines Inhalts.
Prinzessin: Und wär't Ihr so, wär't Ihr unwissend weise,
Da Kenntnis jetzt Unwissenheit verrät.
Ich hör', mein Fürst verschwur es, Haus zu halten;
Todsünde ist's, den Eid zu halten, Fürst,
Und Sünde, ihn zu brechen.
Allein verzeiht! – Zu bald erschein' ich kühn:
Den Lehrer lehren wollen, ziemt mir schlecht.
Geruht zu lesen, weshalb ich gekommen,
Und schnelle Antwort gebt auf mein Gesuch!
König: Das will ich, wenn es kann so schnell geschehn.
Prinzessin:
Ihr tut's so schneller, daß ich nur mag gehn;
Mein Bleiben kann nicht mit dem Eid bestehn.
Biron: Tanzt' ich mit Euch nicht in Brabant einmal?
Rosaline: Tanzt' ich mit Euch nicht in Brabant einmal?
Biron: Ja, ganz gewiß.
Rosaline: Wie überflüssig dann
Die Frag' an mich! –
Biron: O seid doch nicht so rasch! –
Rosaline: Ihr habt mit solchem Fragen mich gespornt!
Biron: Eu'r Witz rennt allzuscharf, Ihr jagt ihn stumpf.
Rosaline: Nicht bis er ließ den Reiter in dem Sumpf.
Biron: Was hat die Uhr geschlagen?

Rosaline: Die Stunde, wo Narren fragen.
Biron: Beglückt solch Maskentragen! –
Rosaline: Glück den Gesichtern drunter!
Biron: Gott send' Euch Freier munter!
Rosaline: Amen, und beßre als Euch!
Biron: Darin geh' ich lieber gleich.
König: Prinzessin, Euer Vater nennt uns hier
Die Zahlung von einhunderttausend Kronen,
Was nur die Hälfte jener ganzen Summe,
So ihm mein Vater vorschoß für den Krieg.
Doch setzt, er oder ich – was nie geschah –
Empfing dies Geld, so bleibt doch unbezahlt
Einhunderttausend noch, wofür als Pfand
Ein Teil von Aquitanien mir haftet,
Obschon es nicht der Summe Wert beträgt.
Will denn Eu'r Vater uns zurückerstatten
Nur jene Hälfte, die uns noch gebührt,
So lassen wir ihm Aquitanien gern
Und bleiben Freund mit Seiner Majestät.
Doch dazu, scheint es, hat er wenig Lust;
Denn hier verlangt er wiederum die Zahlung
Der hunderttausend Kronen, und entsagt,
Nach Zahlung jener hunderttausend Kronen,
All seinem Recht auf Aquitaniens Herrschaft,
Das ich weit lieber aus den Händen gäbe,
Und nähme, was mein Vater vorgestreckt,
Als Aquitanien, so erschöpft es ist.
Wär' seine Fod'rung nicht so fern, o Fürstin,
Von billiger Willfahrung, – Eurer Schönheit

Willfahrte mehr, als billig, wohl mein Herz,
Daß Ihr vergnügt nach Frankreich wiederkehrtet.

Prinzessin:
Ihr tut dem König, meinem Vater, Unrecht,
Und Unrecht Eures Namens würd'gem Ruf,
Wenn Ihr beharrt, zu leugnen den Empfang
Von dem, was doch so treulich ward gezahlt.

König: Ich schwöre, daß ich nie davon gehört;
Beweist Ihr mir's, so zahl' ich Euch: wo nicht,
Ist Aquitanien Eu'r.

Prinzessin: Es bleibt beim Wort.
Boyet, Ihr könnt die Quittungen ihm zeigen
Für jene Summe, von den Staatsbeamten
Karls, seines Vaters.

König: Stellt mich so zufrieden!

Boyet: Erlaub' Eu'r Hoheit, das Paket blieb aus,
Das dies und andre Dokument' enthält:
Auf morgen wird Euch alles vorgelegt.

König: Der Augenschein, o Fürstin, soll genügen;
Ich will mich allen bill'gen Gründen fügen.
Indes empfange solcherlei Willkommen,
Wie Ehre, sonder Bruch der Ehr', ihn darf
Anbieten deiner edlen Würdigkeit.
Ich kann, o Schönste, nicht mein Tor dir öffnen;
Doch draußen sollst du so empfangen werden,
Daß du im Herzen mir zu wohnen denkst,
Obschon ich dir des Hauses Gastrecht weigre.
Dein edler Sinn entschuld'ge mich, leb wohl!
Wir werden morgen wieder dich besuchen.

PRINZESSIN: Wohlsein und Heil begleit' Eu'r Majestät! –
KÖNIG: Dir wünsch' ich, was dein eigner Wunsch erfleht.

*Der König geht ab.*

BIRON: Euch, Dam', empfehl' ich meinem eignen Herzen.
ROSALINE:
Ich bitt' Euch, Herr, bestellt ihm mein Empfehlen.
Ich säh' es gern einmal.
BIRON: Ich wollt', Ihr hörtet's ächzen.
ROSALINE: Ist's Närrchen krank?
BIRON: Von Herzen krank.
ROSALINE: Ei, so laßt ihm Blut!
BIRON: Wäre das ihm gut?
ROSALINE: Meine Heilkunst sagt, es tauge.
BIRON: So stich's mit deinem Auge!
ROSALINE: Non point! Mit dem Messer.
BIRON: Gott mache dich besser! –
ROSALINE: Dich mach' er vernünftig!
BIRON: Den Dank sag' ich künftig.
DUMAIN:
Mein Herr, ein einz'ges Wort: Sagt an, wer ist die Dame? –
BOYET: Die Erbin Alençons und Rosalin' ihr Name.
DUMAIN: Sehr reizend ist sie. Nun, mein Herr, lebt wohl!

*Er geht ab.*

LONGAVILLE:
Laßt mich um ein Wort Euch bitten: Wer ist in Weiß die [da?
BOYET:
Manchmal ein Frauenzimmer, wenn man bei Licht sie sah.

Longaville:
Vielleicht bei Lichte leicht; nur ihren Namen will ich.
Boyet:
Sie hat nur einen für sich: den wollen, wär' nicht billig.
Longaville: Ich bitte, wessen Tochter?
Boyet: Ihrer Mutter, wie man sagt.
Longaville: Was so ein Bart nicht wagt! –
Boyet: Lieber Herr, nur nicht so wild:
Erbin des Faulconbridge.
Longaville: Nun ist mein Zorn gestillt.
Sie zeigt sehr schönen Anstand.
Boyet: Wie's auch schon mancher Mann fand.

*Longaville geht ab.*

Biron: Wie heißt in der Mütze die?
Boyet: Katharine, Gott schütze sie!
Biron: Ist sie vermählt oder nicht?
Boyet: Wie just die Laune sie sticht.
Biron: Willkommen, mein Herr, lebt wohl zugleich! –
Boyet: Lebt wohl, für mich; willkommen für Euch!

*Biron geht ab.*

Maria: Der letzte ist Biron, der tolle, lust'ge Lord.
Kein Wort, das nicht ein Scherz ist.
Boyet: Und jeder Scherz nur ein Wort.
Prinzessin:
Drum war es gut getan, als Ihr ihn faßtet beim Wort.
Boyet:
Ich war so rasch zu entern, als er zu nahn dem Bord.

MARIA: Zwei tapfre Schafe, wahrlich!
BOYET: Nein, Schiffe, meine Beste;
Nur Schafe, Lamm, sind wir auf deinen Lippen Gäste.
MARIA:
Ihr Schaf' und ich die Weide; endigt der Spaß nun hier? –
BOYET: Wenn Ihr mir zu weiden erlaubt.
MARIA: Nicht so, mein zartes Tier:
Meine Lippen sind kein Gemeinfeld, wenn gleich offen Revier.
BOYET: Und wem denn zugehörig?
MARIA: Nun, meinem Glück und mir.
PRINZESSIN:
Die Witz'gen lieben Zank; doch sei der Streit geendet,
Der Bürgerkrieg des Witzes ist besser angewendet
Auf Navarras Bücherhelden; hier wär' er nur verschwendet.
BOYET:
Wenn meine Seherkunst, und diese irrt wohl nicht,
Des Herzens stumme Rhetorik, die aus den Augen spricht,
Mir richtig deutete, versank Navarras Mut …
PRINZESSIN: In was?
BOYET: Ei nun, wir Kenner betiteln's Liebesglut.
PRINZESSIN: Eu'r Grund?
BOYET:
Zum Hofhalt seines Auges entflohn Gebärd' und Sinnen,
Und schauten durchs Verlangen aus dem Verstecke drinnen.
Sein Herz glich einem Agat, auf den Eu'r Bild gedrückt;
Stolz glüht' in seinem Auge, er trug Eu'r Siegel entzückt.
Die Zunge, ganz erzürnt, zu reden, statt zu sehn,

Sie stolpert' übereilt und möcht' im Auge stehn.
Zum Sinn des Auges drängte der andern Sinne Gewühl,
Die Schönste der Schönen zu sehn, das war ihr einzig Gefühl;
Sein Auge, wie ein Schrein, dünkt mich, umschloß sie alle,
Wie man dem Fürsten beut Juwelen im Kristalle;
Der, nicht durchs Glas bestochen, der Steine Wert erspäht,
Und sie zu kaufen winkt, wie er vorübergeht.
Auf seiner Stirne Rand las ich in klaren Lettern
Der Glosse Schrift: er schien Euch schauend zu vergöttern.
Ich bürg' Euch Aquitanien und seines Reichs Genuß,
Gebt Ihr um meinetwillen ihm e i n e n lieblichen Kuß.

PRINZESSIN:
Kommt, gehn wir in unser Zelt: Boyet ist aufgeweckt, –

BOYET:
Nur das in Worte zu fassen, was längst sein Aug' entdeckt.
Ich wußte seinem Auge den Mund hinzuzufügen,
Und lieh der Zunge Worte, die, glaubt mir fest, nicht lügen.

PRINZESSIN:
Dich alten Liebeshändler wird keiner leicht betrügen!

MARIA: Er ist Amors Großvater, der muß ihm alles entdecken.

ROSALINE: Dann gleicht Venus der Mutter; ihr Vater ist zum Erschrecken.

BOYET: Hört ihr, ihr tollen Dirnen?

MARIA: Nein.

BOYET: Könnt ihr auch nicht sehn?

ROSALINE: O ja, den Weg nach Hause.

BOYET: Ihr mögt in Frieden gehn! –

*Alle ab.*

## Zweite Szene

*Ebendaselbst.*
*Armado und Motte treten auf.*

ARMADO:
Trillre, mein Kind, affiziere mir den Sinn des Gehörs!

MOTTE *singt*.

ARMADO: Melodische Manier! – Geh, Zartheit der Jahre; nimm diesen Schlüssel, gibt dem Bauer Entfeßlung, – bring' ihn windschnell hieher; ich bedarf sein wegen eines Briefs an meine Huldin.

MOTTE: Herr, wollt Ihr Eure Huldin mit neumodischen Singweisen und Arien gewinnen?

ARMADO: Wie meinst du? Gibt es Arien, welche weise sind? –

MOTTE: Nein, mein vollendeter Gebieter; aber schnellt einen Ton, staccato, von der Spitze Eurer Zunge, vibriert dazu, tremulando, mit Euren Füßen, würzt ihn mit Ausdruck, indem Ihr die Augenlider aufschlagt; seufzt eine Note und singt eine Note: einmal durch die Gurgel, als schlucktet Ihr Liebe, indem Ihr Liebe singt; einmal durch die Nase, als schnupftet Ihr Liebe, indem Ihr Liebe riecht; Euern Hut gleich einem Vordach über den Laden Eurer Augen; die Arme kreuzweis über Euerm dünnen Wamse, wie ein Kaninchen am Spieß; oder Eure Hände in der Tasche, wie eine Figur auf den alten Bildern. Dabei müßt Ihr nicht zu lange in einer Tonart verweilen, sondern ein Schnippchen, und linksum. Das sind Gaben, das sind Talente, das fängt spröde Mädchen, die sich auch ohnedies fangen ließen: das macht, daß man von den Gemütern, die solches in ihrer Gewalt haben, – notiert's Euch! – Notiz nimmt.

Armado: Womit hast du diese Erfahrung eingekauft?

Motte: Für meinen Pfennig der Beobachtung.

Armado: Doch o! Doch o! –

Motte: »Vergessen ist das Steckenpferd!«

Armado: Nennst du meine Huldin Steckenpferd?

Motte: Nein, Herr, das Steckenpferd ist immer ein rohes Füllen, und Eure Huldin ist vielleicht ein Mietklepper. Aber habt Ihr Eure Huldin vergessen? –

Armado: Beinahe hätt' ich's.

Motte: Nachlässiger Student! Lernt sie auswendig!

Armado: Ich liebe sie auswendig und inwendig, Knabe.

Motte: Und abwendig, Herr; alles beweis' ich Euch.

Armado: Was willst du beweisen?

Motte: Mich, als Mann, wenn ich leben bleibe; und dies Aus-, In- und Abwendig im Augenblick. Auswendig liebt Ihr sie, weil Ihr ihren Namen ohne Anstoß hersagen könnt; inwendig, weil Ihr nicht aus der Haut fahren dürft; und abwendig, weil sie sich von Euch abwendet.

Armado: Ich bin in allen diesen drei Fällen.

Motte: Und wär't Ihr auch in sechs Fellen, so würdet Ihr in allen Euren Fellen ungefällig bleiben.

Armado: Führe mir den Bauer hieher, er soll mir einen Brief überbringen.

Motte: Eine sympathetische Botschaft! Ein Pferd als Gesandter eines Esels! –

ARMADO: Ha! Was sagst du? –

MOTTE: Meiner Treu, Herr, Ihr müßt den Esel auf dem Pferde schicken, denn er ist nur langsam zu Fuß; doch ich gehe.

ARMADO: Der Weg ist nur kurz; hinweg!

MOTTE: So schnell wie Blei, Herr!

ARMADO: Deine Meinung, artiges Ingenium? –
Blei dünkt mich ein Metall, dumm, schwer und träg' zu sein.

MOTTE: Minime, edler Sennor, oder wahrlich, Sennor, nein.

ARMADO: Ich sage, Blei ist langsam.

MOTTE: Ihr folgt zu schnell dem Schein;
Ist langsam wohl ein Blei, wenn aus dem Lauf geschossen? –

ARMADO: Ein würdig Rednerblümchen!
Ich also bin das Rohr, die Kugel paßt auf ihn.
Jetzt schieß' ich dich auf den Bauer.

MOTTE: Bauz denn, und seht mich fliehn. *Läuft ab.*

ARMADO: Ein höchst scharfsinn'ger Juvenil, so flink, hat so bei der Hand Witz! –
Erlaube, liebes Firmament, ich seufze dir in dein Antlitz! –
Fahr' wohl, o Mut, mein Herz ist jetzt der trüben Schwermut Landsitz! –
Mein Herold kommt zurück.

*Motte kommt mit Schädel zurück.*

MOTTE: Ein Wunder, Herr! Seht 'nen Schädel, der sich zerstieß das Bein.

ARMADO:
Ein Enigma, ein Rätsel: komm, wie mag der l'envoy sein?

SCHÄDEL: Nichts da von Nicknamen und Rätseln oder Langfahnen; weg mit Euren Salbenbüchsen, Herr; ach Herr, Wegerich, puren Wegerich! keine Langfahnen, keine Langfahnen oder Salben, Herr, nichts als Wegerich! –

ARMADO: Bei der Tugend! du erzwingst Gelächter; dein alberner Gedanke meinen Humor; das Schwellen meiner Lunge regt mich an zu verächtlichem Lächeln; o vergebt mir, ihr Gestirne! Hält der Unbedachtsame Salbe für l'envoy, und das Wort l'envoy für Salbe!

MOTTE: Betrachtet der Weise sie etwa anders? Ist nicht l'envoy ein salbungsvoller Gruß? –

ARMADO:

Nein, Page, 's ist ein Epilog, ein Diskurs, der uns erklärt
Irgendein dunkles Präambulum, das wir zuvor gehört.
Ein Exempel mache dir's klar:

Der Fuchs, der Affe, die Biene klein,
Weil's drei sind, mußten sie ungleich sein.

Dies ist die Moral, nun folgt der l'envoy.

MOTTE: Ich will den l'envoy hinzufügen, sagt Ihr die Moral noch einmal.

ARMADO: Der Fuchs, der Affe, die Biene klein,
Weil's drei sind, mußten sie ungleich sein.

MOTTE: Bis dann die Gans kam aus der Tür,
Da wurden sie gleich, denn drei ward vier.

Nun will ich mit Eurer Moral anfangen; folgt Ihr mir nach mit meinem l'envoy!

Der Fuchs, der Affe, die Biene klein,
Weil's drei sind, mußten sie ungleich sein.

Armado: Bis dann die Gans kam aus der Tür,
Da wurden sie gleich, denn drei ward vier.

Motte: Ein erfreulicher l'envoy, der sich mit einer Gans endigt. Was könnt Ihr mehr verlangen?

Schädel: Der Junge hat ihn zum besten mit der Gans, das wollt' ich wetten: –
Eu'r Handel wär' nicht schlecht, wär's eine von den fetten. –
Braucht wer 'nen pfiffigen Schelm, ei, seht den Kleinen, der kann's! –
Ihr sucht 'nen fetten l'envoy? – Er verkauft Euch 'ne fette Gans.

Armado:
O wart' noch! Wartet noch! Dies Argument, wie begann's?

Motte: Ich erzählt' Euch, wie ein Schädel sich heut das Bein geschunden.
Drauf rieft Ihr nach dem l'envoy.

Schädel:
Jawohl; und ich nach Wegerich: so hat sich's eingefunden.
Dann kam der fette l'envoy, die Gans, die er gekauft;
So endigte der Markt.

Armado: Aber erkläre mir, welche Allegorie liegt verborgen unter dem Schädel, welcher sein Bein zerstoßen? –

Motte: Ich will's Euch auf eine gefühlvolle Weise deutlich machen.

Schädel: Du hast kein Gefühl dafür, Motte! Diesen l'envoy will ich sprechen:
Ich Schädel rannt' hinaus, statt ruhig im Hause zu sein,
Und stolpert' in der Tür und stieß mich an das Bein.

ARMADO: Wir wollen die Sache ruhen lassen.

SCHÄDEL: Ja, das wird dem Beine wohl bekommen.

ARMADO: Du, Schädel, ich will dich emanzipieren.

SCHÄDEL: Ihr wollt mich als Eh'mann zitieren? – Das läuft wohl wieder auf so 'nen l'envoy, auf eine Gans hinaus?

ARMADO: Bei meiner zarten Seele, ich meine, dich in Freiheit setzen, deine Person frankieren; du warst vermauert, gebunden, eingekorkt, verstopft.

SCHÄDEL: Richtig, richtig; und nun wollt Ihr meine Purganz sein und mich loslassen.

ARMADO: Ich schenke dir deine Freiheit, erlöse dich aus der Gebundenheit, und als Gegenleistung lege ich dir nur dieses auf: überreiche gegenwärtiges Sendschreiben dem Landmädchen Jacquenetta. Hier ist Remuneration *gibt ihm Geld*: denn die beste Stütze meiner Ehre ist, meine Vasallen zu unterstützen. Motte, folge! *Er geht ab.*

MOTTE: Wie das X auf das U. Leb wohl, Freund Schädel,
du würdiger Kerl!

SCHÄDEL: Mein süßes Quentchen Mannsfleisch! Spitz-
bübische, niedliche Perl'! –

Nun will ich seine Remuneration ansehn, Remuneration? Ach, das ist das lateinische Wort für drei Heller; drei Heller heißt Remuneration? Was kostet der Bindfaden? Einen Pfennig. Nein, ich will Euch eine Remuneration geben; gelt, das klingt? Remuneration? Ei, das lautet viel hübscher, als eine französische Krone! Ich will ohne dies Wort nichts weder einkaufen noch verkaufen.

*Biron kommt.*

BIRON: O mein guter Kerl Schädel, vortrefflich, daß ich dich finde!

SCHÄDEL: Bitt' Euch, Herr, wie viel rotes Band kann man für eine Remuneration kaufen? –

BIRON: Was ist eine Remuneration? –

SCHÄDEL: Ei je, Herr, anderthalb Pfennig.

BIRON: Nun also, für drei Heller Seide.

SCHÄDEL: Ich danke Eu'r Gnaden, Gott befohlen!

BIRON:
Halt, warte, Mensch, ich muß dich jetzt gebrauchen.
Willst meine Gunst gewinnen, guter Kerl,
So tu' ein Ding, um das ich bitten will.

SCHÄDEL: Wann soll es denn geschehn, Herr?

BIRON: Oh, diesen Nachmittag.

SCHÄDEL: Nun gut, ich will es tun: so lebt denn wohl!

BIRON: Du weißt ja noch nicht, was es ist.

SCHÄDEL: Ich werd's schon wissen, Herr, wenn ich's getan habe.

BIRON: Ei Schlingel, du mußt es vorher wissen.

SCHÄDEL: Ich will morgen früh zu Eu'r Gnaden kommen.

BIRON: Es muß den Nachmittag geschehn. Hör', Bursch,
Es ist nur dies:
Die Fürstin kommt zur Jagd hier in den Park,
Und eine edle Dam' ist im Gefolge.
Spricht süß ein Mund, so spricht er ihren Namen
Und nennt sie Rosaline. Frag' nach ihr,
Und ihrer weißen Hand gib dies Geheimnis
Versiegelt. Hier dein Rekompens; nun geh! *Gibt ihm Geld.*

SCHÄDEL: Rekompens – o süßer Rekompens! Besser als

Remuneration, elftehalb Pfennig besser. Ei du herziger Rekompens; ich will's tun, Herr, wie gedruckt. Rekompens! Remuneration! *Ab.*

Biron: Oh! Und ich verliebt, seht doch! –
Ich, der Cupidos Geißel sonst gewesen! –
Ein wahrer Büttel jedem Sehnsuchtsseufzer,
Ein Läst'rer, ja, nachtwachender Konstabel,
Ein strenger Schuldespot des armen Knaben,
Kein Sterblicher so überstolz als ich!
Der laun'sche Junge, greinend, blind, verkappt,
Des Giulio Riesenzwerg, Ritter Cupido,
Sonettenfürst, Herzog gekreuzter Arme,
Gesalbter König aller Ach und Oh,
Lehnherr der Tagedieb' und Mißvergnügten,
Monarch der Mieder, Schach der Hosenlätze,
Alleiniger Kaiser, großer Feldzeugmeister
Der Kirchenbüßer: – o mein kleines Herz!
Ich soll sein Adjutant sein, soll mich kleiden
In seine Farben wie ein Maientänzer?
Wie, was, ich lieb', ich werb', ich such' ein Weib? –
Ein Weib, das einer deutschen Schlaguhr gleicht,
Stets dran zu bessern, ewig aus den Fugen,
Die niemals recht geht, wie sie auch sich stellt,
Als wenn man stets sie stellt, damit sie recht geht?
Und was das Schlimmste, noch meineidig werden! –
Und just die Schlimmste lieben von den dreien! –
Ein bläßlich Ding mit einer samtnen Braue,
Mit zwei Pechkugeln im Gesicht statt Augen;
Und eine wahrlich, die die Tat wird tun,

Und wär' ein Argus ihr gesetzt zum Wächter!
Und, ach, um die nun seufzen, für sie wachen! –
Ich für sie beten? – Gut denn! 's ist 'ne Strafe,
Die Amor mir diktiert für das Verachten
Seiner allmächtig furchtbar kleinen Macht.
Nun wohl! So will
Ich lieben, schreiben, seufzen, ächzen, beten;
Der liebt das Fräulein, jener schwärmt für Greten. *Ab.*

# Dritter Aufzug

## Erste Szene

*Im Park.*
*Es treten auf die Prinzessin, Rosaline, Maria, Katharine, Boyet, Lords, Gefolge, ein Förster.*

PRINZESSIN: War das der König, der sein Pferd so scharf
Die jähe Höh' des Hügels spornt hinan? –
BOYET: Ich weiß nicht, doch ich glaub', ein andrer war's.
PRINZESSIN: Wer es auch sei, aufstrebend zeigt er sich.
Nun, heut, ihr Herrn, empfahn wir den Bescheid,
Und Samstag kehren wir nach Frankreich heim. –
Jetzt, lieber Förster, zeigt uns das Gehölz;
Wo stellt Ihr uns, daß wir den Mörder spielen?
FÖRSTER: Hier in der Näh', am Saum des Unterholzes;
Der Stand ist gut, Ihr habt den schönsten Schuß.
PRINZESSIN:
Der Schönheit Preis! Die Schöne tut den Schuß,
Und drum mit Recht sprichst du vom schönsten Schuß.
FÖRSTER: So, Gnäd'ge, hab' ich's nicht gemeint, verzeiht! –
PRINZESSIN: Wie, hast du schon dein erstes Lob bereut? –
O kurzer Ruhm! Nicht schön? O Herzeleid! –
FÖRSTER: Ja, Fürstin, schön! –
PRINZESSIN: O laß die Schminke ruhn;
Wo Schönheit fehlt, ist Schmeicheln eitles Tun.
Hier, lieber Spiegel, für die Wahrheit nimm es,
Zu schöner Lohn als Zahlung für so Schlimmes!

FÖRSTER: In Euch hat einzig Schönheit sich gebettet.
PRINZESSIN:
Seht, wie ein Goldstück meine Schönheit rettet!
O Schönheitsketzerei, der Zeiten wert;
Wenn sie nur schenkt, wird jede Hand verehrt.
Doch jetzt zur Jagd; wenn Sanftmut töten muß,
Schilt sie auf jeden gut gezielten Schuß;
So bleibt mein Ruf als Schützin unversehrt,
Denn, treff' ich nicht, hat Mitleid mir's gewehrt;
Treff' ich, wohlan, so muß der Tadel schweigen,
Ich tat es nur, euch meine Kunst zu zeigen.
Unleugbar ist's, und die Erfahrung lehrt,
Wie Ruhmsucht zum Verbrechen sich entehrt;
Um Lob und Preis, um nichtige Erscheinung,
Entsagen wir des Herzens beßrer Meinung:
Wie meine Hand um Lob zu töten denkt
Das arme Wild, das mich doch nie gekränkt.
BOYET: Hat's auch der Ehrgeiz ihnen eingegeben,
Wenn böse Frau'n nach Eigenherrschaft streben
Als Herrn des Eheherrn? –
PRINZESSIN: Ehrgeiz allein; und Ehr' und Preis gebührt
Jedweder Frau, die ihren Herrn regiert.

*Schädel tritt auf.*

PRINZESSIN: Hier kommt ein Bürger unsrer Republik.
SCHÄDEL: Schönen guten Abend! Um Vergebung, welches ist die Hauptdame? –
PRINZESSIN: Die kannst du an den übrigen erkennen, mein Freund, die ohne Haupt sind.

SCHÄDEL: Welches ist die größte Dame? Die höchste? –
PRINZESSIN: Die dickste und die längste.
SCHÄDEL:
Die dickste und die längste! Nun ja, was wahr, bleibt wahr.
Ließ' Eure Taille schmal und leicht sich wie mein Witz umfassen,
So möchte von den Fräulein hier Euch jeder Gürtel passen.
Seid Ihr nicht die Hauptdame? Die dickste seid Ihr gewiß!
PRINZESSIN: Was wollt Ihr, Freund? Was wollt Ihr?
SCHÄDEL:
Dem Fräulein Rosaline schrieb diesen Brief Mylord Biron.
PRINZESSIN: Geschwind den Brief, den Brief; den Schreiber kenn' ich schon.
Wart', Freund! – Boyet, ich weiß, Ihr habt im Tranchieren Geschick;
Legt mir dies Hühnchen vor!
BOYET: Ich gehorch' Euch im Augenblick. –
Der Brief ging fehl, von uns ward er keinem zugedacht;
Er ist für Jacquenetta.
PRINZESSIN: Doch weil er uns gebracht,
Brich nur dem Wachs das Genick; nun lies, ihr alle gebt acht!

BOYET *liest*: »Beim Himmel, daß Du schön, ist untrugschlüßlich; wahr, daß Du reizend; Wahrhaftigkeit selbst, daß Du lieblich. O Du, schöner denn schön, reizender denn reizend, wahrhaftiger denn Wahrhaftigkeit selber, habe Erbarmung mit Deinem heroischen Vasallen! Der durchlauchtigste und allergroßmächtigste König Kophetua warf ein Auge auf die schelmische und unzweifelhafte

Bettlerin Zenelophon: und eben derselbige war es, der da mit Fug konnte ausrufen: veni, vidi, vici; welches, dafern wir's zersetzen in Volkssprache (o niedrige und dunkle Volkssprache!), so viel als videlicet: er kam, sah und überwand. Er kam, eins; sah, zwei; überwand, drei. Wer kam? der König; weshalb kam er? zu sehen; weshalb sah er? zu überwinden; zu wem kam er? zu der Bettlerin; wen sah er? die Bettlerin; wen überwand er? die Bettlerin. Der Erfolg ist Sieg; auf wessen Seite? des Königs; die Gefangennehmung bereichert, auf wessen Seite? der Bettlerin. Die Katastrophe ist eine Vermählungsfeier, auf wessen Seite? des Königs? – Nein, auf beiden in einer, oder einer in beiden Seiten. Ich bin der König, denn so fodert es das Gleichnis; Du die Bettlerin, denn so zeuget Deine Niedrigkeit. Soll ich Deine Liebe erheischen? ich könnte es; soll ich Deine Liebe erzwingen? ich dürfte es; soll ich um Deine Liebe werben? ich will es. Was wirst Du eintauschen für Litzen? Spitzen; für Bürden? Würden; für Dich? – Mich! – Also, entgegenharrend Deiner Replik, profanier' ich meine Lippen an Deinen Fuß, meine Augen an Dein Konterfei, und mein Herz an Dein Allenthalb; Dein in der innigsten Dahingebung der Dienstbeflissenheit Don Adriano de Armado.«

Also brüllt des Nemäerlöwen Schlund
Nach dir, du Lamm, das seiner Mordlust Ziel;
Vor seinem stolzen Fuß sink' auf den Grund,
Und von dem Raubzeug neigt er sich zum Spiel.
Doch sträubst du dich, was wird aus dir, o Seele?
Fraß seiner Wut, Proviant für seine Höhle.

PRINZESSIN:
Wer ist der Wetterhahn, der Federbusch, der Quast?
Hörtet Ihr Beßres je? Wer hat den Brief verfaßt?
BOYET:
Wenn ich mich recht besinne, kenn' ich den harten Stil.
PRINZESSIN:
Ja, nennt ihn so! Selbst Knittel wär' immer nicht zu viel.
BOYET: Armado ist's, ein Spanier, ein abgeschmackter Held,
Ein Phantast, ein Monarcho, dem König zugesellt
Und seinen Buchgenossen.
PRINZESSIN: Mein Freund, hör' auf ein Wort!
Wer gab dir jenen Brief?
SCHÄDEL: Wie ich Euch sagte, Mylord.
PRINZESSIN: Wem solltest du ihn geben?
SCHÄDEL: Von ihm an jenes Fräulein.
PRINZESSIN: Von wem an welches Fräulein? –
SCHÄDEL:
Vom gnäd'gen Herrn Biron bin ich hieher gesandt,
An eine Dam' aus Frankreich, Lady Rosaline genannt.
PRINZESSIN:
Der Brief ward falsch bestellt. Ihr Herren, fort von hier;
Begnüge dich, mein Kind: bald wird der rechte dir.

*Die Prinzessin mit ihrem Gefolge geht ab.*

BOYET: O sprich, wer ist der Geschoßne?
ROSALINE: Sag' ich's Euch frei und offen? –
BOYET: Ja, Ausbund aller Schönheit.
ROSALINE: Der Hirsch, den sie getroffen.
Schön abpariert! –

BOYET: Die Prinzessin schießt nach Hornwild, doch wirst du einst heiraten,
Zehn gegen eins, daß in dem Jahr die Hörner trefflich geraten.
Pariere den! –

ROSALINE: So hört, ich bin die Geschoßne.

BOYET: Und wer ist der Jäger allhier? –

ROSALINE: Er trägt sein Horn an der Hüfte, und nicht am Kopf wie Ihr.
Pariere den! –

MARIA: Ihr ruht nicht, bis sie Euch trifft; wahrt Euch die Stirn mit dem Hut!

BOYET: Sie selber traf man tiefer schon: nicht wahr, da zielt' ich gut?

ROSALINE: Soll ich gegen dich anrücken mit einem alten Reim, der schon ein Mann war, als König Pipin von Frankreich noch als ein kleiner Bube herumlief, was das Treffen anbelangt?

BOYET: Wenn ich mich verschanzen darf mit einem ebenso alten, der ein Weib war, als Königin Ginevra von Britannien noch ein kleines Mädchen, was das Treffen anbelangt?

ROSALINE: Du kannst nicht treffen, treffen, treffen,
Du kannst nicht treffen, mein guter Hans.

BOYET: Schon gut, ich kann nicht, kann nicht, kann nicht;
Kann ich's nicht, nun, ein andrer kann's.

*Rosaline und Katharine ab.*

SCHÄDEL: Beim Element, recht lustig! – Wie gut die beiden sich hielten!

Maria: Die Scheiben trafen sie trefflich, sooft sie zusammenzielten.

Boyet: Die Scheiben, sagt Ihr, Fräulein? Nun, daß wir nichts vergessen,
Der Scheibe gebührt ein Pflock, um recht den Schuß zu messen.

Maria: O weit nach links gefehlt! – Ihr seid jetzt nicht bei der Hand.

Schädel: Jawohl, um die Mitte zu treffen, nehmt näher Euren Stand!

Boyet: Ich nicht bei der Hand? Dann zeigt mir, wie Ihr den Pfeil regiert?

Schädel: Gebt acht! Sie gewinnt den Kernschuß, der Pflock wird ruiniert.

Maria: Kommt, kommt, Ihr sprecht zu gröblich, den Anstand ganz verletzend!

Schädel: Ihr trefft sie weder mit Schuß noch Stich, das Spiel ist nicht ergötzend.

Boyet: So flücht' ich vor dem rauhen Kampf, mich dort zur Ruhe setzend.

*Boyet und Maria gehn ab.*

Schädel: Mein' Seel', ein blöder Schäfer! Ein rechter simpler Tropf! –
O je, wie hieben die Damen und ich ihn über den Kopf!
Blitz, welche niedliche Späße! Der Witz wie korrupt und zierlich!
Wenn's so glatt von der Zunge haspelt, so recht obszön und manierlich!

Narmado auf einer Seite, – welch nobler, preislicher
Held!
Wie er sich spreizt vor den Fräuleins! Wie hübsch er den
Fächer hält,
Und küßt sich im Gehn die Hand! Und versteht sich auf
Schwüre so sauber!
Dann auf der andern sein Page, wie sticht er Euch Silbe
um Silbe,
Die kleine Hand voll Witz! die stolze pathetische Milbe!

*Jagdgeschrei hinter der Szene: »Holla! Holla!«*
*Schädel geht ab.*

## Zweite Szene

*Ebendaselbst.*
*Es treten auf Dumm, Holofernes und Sir Nathanael.*

NATHANAEL: Eine hochwürdige Jagdlustbarkeit, in der Tat, und unternommen nach dem Zeugnis eines guten Gewissens.

HOLOFERNES: Der Hirsch war, wie Ihr wisset, sanguis, in vollem Geblüt, reif wie ein Jungherrnapfel, welcher jetzt hanget gleich einem Juwel in dem Ohre coeli, der Luft, des Firmamentes, der Feste, – und plötzlich fället gleich einem Holzapfel auf das Angesicht terrae, – des Bodens, des Grundes, des Erdreichs.

NATHANAEL: In der Tat, Meister Holofernes, Ihr wechselt anmutig mit denen Prädikaten, recht wie ein Schriftgelehrter; allein laßt mich Euch bezeugen, Herr, es war ein Bock vom ersten Geweih.

HOLOFERNES: Sir Nathanael, haud credo.

DUMM: Es war keine Hautkrähe, es war ein Spießer.

HOLOFERNES: O barbarische Intimation! und wiederum eine Art Insinuation, gleichsam in via, auf dem Wege, einer Explikation: facere gleichsam eine Replikation, oder vielmehr gleichsam ostentare, darlegen seine Inklination: – nach seiner ohngesitteten, ohngeglätteten, ohnausgefeileten, ohngestutzeten, ohngeschmücketen oder vielmehr ohnkultiviereten, oder vielmehrest ohnkonfirmiereten

Weise, – wiederumb einzuschalten mein haud credo statt eines Wildes.

DUMM: Ich sage, das Wild war keine Hautkrähe, es war ein Spießer.

HOLOFERNES: Zweimal gesottene Einfalt, bis coctus! – O du monstrose Ignoranz, wie mißgeschaffen erscheinst du! –

NATHANAEL: Herr, er hat nie seine Nahrung gesogen aus den Leckerbißlein, welche werden erzielet in Büchern; er hat nicht gegessen des Papiers, sozusagen, noch getrunken der Tinte; seine Sinneskraft ist nicht herangenährt; er ist nur ein Tier, nur fühlend in seinen gröbern Organen: – und solche unfruchtbare Gewächse sind vor uns hingestellt, auf daß wir sollten dankbar sein (wie wir, die da schmecken und Empfindung haben, es auch sind) für solche Gaben, welche in uns zu beßrer Frucht gedeihn:

Gleich falsch, wenn ich in Albernheit, als Narr und Geck mich blähte,
Als wenn ein solcher Hahn, wie der, gelehrt in Schulen krähte.
Ich halt's mit jenem Kirchenvater, der oft zu sagen pflegt:
Manch einer steht das Wetter aus, der nicht den Wind erträgt.

DUMM: Ihr seid zwei Schriftgelehrte: könnt ihr das schmucke Rätsel mir lösen,
Was keine fünf Wochen jetzt alt und bei Kains Geburt schon 'nen Monat gewesen? –

HOLOFERNES: Dictynna, ehrlicher Dumb; Dictynna, ehrlicher Dumb.

DUMM: Wer ist dick und dünne?

Nathanael: Eine Titulatur Lunae, Phoebae, des Mondes.

Holofernes:

Der Mond war 'nen Monat alt, als Adam nicht älter war,
Und keine fünf Wochen zählt' er, als jener hundert Jahr.
Die Allusion verleuret nichts bei dem Umbtausch.

Dumm: Das ist auch wahr, mein' Seel', die Kollusion verliert nichts beim Umtausch.

Holofernes: Gott stärke deine Kapazität! Ich sage, die Allusion verleuret nichts bei dem Umbtausch.

Dumm: Und ich sage, die Konfusion verliert nichts beim Umtausch, denn der Mond wird nie älter, als nur einen Monat; und überdem bleib' ich dabei und sage, es war ein Spießer, den die Prinzessin schoß.

Holofernes: Sir Nathanael, wollet Ihr anhören ein extemporelles Epitaphium auf den Tod des Tieres? Und zwar habe ich, um mich der Einfalt zu akkomodieren, das Tier, welches die Prinzessin schoß, einen Spießhirsch genennet.

Nathanael: Perge, werter Meister Holofernes, perge, dafern es Euch beliebt, alle Skurrilität abzustellen.

Holofernes: Ich werde die Alliteration in etwas vorwalten lassen, denn das zeuget von Leichtigkeit.

Straff spannt die Schöne, schnellt und schießt ein Spießtier schlank und schmächtig;
Man nannt' es Spießhirsch, denn am Spieß spießt ihn der Speisemeister.
Hierauf verspeist mit Gabeln wird's ein Gabelhirsch, so dächt' ich,
Und weil die Schützin Kronen trägt, mit Recht ein Kronhirsch heißt er.

Hell gellt die Jagd: nehmt vom Gebell zu Hirsch eins von den L len,
Sind's funfzig Hirschel: noch ein L, so tät sie hundert fällen.

NATHANAEL: Wie schmeidig bewegt er der Verse zähen Fuß!

DUMM: Was das für ein Wesen ist über seine Fersen und Fußzehen! –

HOLOFERNES: Dieses ist eine Gabe, die mir verliehen ward – simpel, simpel; ein launischer abspringender Geist, erfüllet von Gestalten, Figuren, Formen, Gegenständen, Einbildungen, Wahrnehmungen, Motionen, Revolutionen: dieselben werden gezeuget in dem Mutterleibe des Gedächtnusses, ernähret in dem Schoße der pia mater, und an das Licht geboren bei zeitigender Gelegenheit. Indessen die Gabe ist gut in solchen, bei denen sie zur rechten Scharfsinnigkeit gelanget, und ich bin dankbar für dieselbe.

NATHANAEL: Sir, ich preise den Herrn für Euch, und das mögen auch meine Pfarrkinder. Denn ihre Söhne sind gut beraten bei Euch, und ihre Töchter gewiß augenscheinlich unter Euch; Ihr seid ein stattliches Membrum des gemeinen Wesens.

HOLOFERNES: Mehercle, wann ihre Söhne Ingenium besitzen, soll es ihnen nicht fehlen an Instruktion; wann ihre Töchter empfänglich sind, werd' ich's ihnen schon beibringen. Jedennoch vir sapit, qui pauca loquitur: Eine als Weib geschaffne Seele begrüßet uns.

*Jacquenette und Schädel treten auf.*

JACQUENETTE: Gott grüß' ihn, Herr Farr!

HOLOFERNES: Nicht etwa fur, ein Dieb, noch fer, bring' her und gib, sondern far, die Spreu im Sieb. Wessenthalben far? –

SCHÄDEL: Weil Farr bei uns einen Ochsen bedeutet, und weil des Pfarrers Haupt so voller Gelehrsamkeit steckt, wie ein Oxhoft voll Wein.

HOLOFERNES: Wie, ein Ochshaupt? – ein hübscher Funke des Witzes in einem Erdenkloße; Feuer genug für einen Kiesel, Perle genug für eine Sau. Es ist artlich, es ist hübsch.

JACQUENETTE: Lieber Herr Farr, sei er doch so gut, und les' er mir den Brief; Schädel hat ihn mir gegeben, und Don Armadill schrieb ihn mir; ich bitt' ihn drum, les' er ihn!

HOLOFERNES:

Fauste, precor gelida quando pecus omne sub umbra
Ruminat, – und so weiter. Ach, du guter alter Mantuanus!
Ich kann von dir sagen, wie der Reisende von Venedig:

– Vinegia, Vinegia,
Chi no ti vede, ei non ti pregia.

Alter Mantuanus! Alter Mantuanus! Wer dich nicht verstehet, der liebet dich nicht! – Ut, re, sol la mi fa. Mit Eurem Vergunst, Herr Pfarrer, was ist der Inhalt? Oder vielmehr wie Horatius saget in seinem – was zum Element, Verse? –

NATHANAEL: Ja, Herr, und sehr gelehrte.

HOLOFERNES: Lasset mich vernehmen eine Strophe, eine Stanza, einen Vers; lege, domine!

NATHANAEL *liest*: »Macht Liebe mich verschwor'n, darf
ich noch Liebe schwören?

Treu' hält nur stand, gab sie der Schönheit sich zu eigen;
Meineidig an mir selbst, will ich dir treu gehören;
Was eichenfest mir schien, kannst du wie Binsen beugen!

Die Forschung lechzt im Durst, dein Auge sei mein Bronnen,
Dort thront die Seligkeit, die uns das Buch verheißt;
Der Kenntnis Inbegriff hat, wer dich kennt, gewonnen! –
Viel kundig ist der Mund, der mit Verstand dich preist,

Stumpfsinnig, wer nicht beugt sein Knie vor deiner Schöne;
Mein größter Ruhm, daß ich so hohen Wert empfand:
Der Augen Feuerblitz, der Rede Donnertöne

Sind Wonneglanz, Musik, hast du den Zorn verbannt.
Doch göttlich, wie du bist, vergib, wenn rauhe Zungen
Des ew'gen Himmels Lob mit ird'schem Laut gesungen!«

HOLOFERNES: Ihr findet nicht die Apostrophen, und darüber verfehlt Ihr den Akzent. Lasset mich die Canzonetta überspähen; hier ist nur das Sylbenmaß observieret; allein, was da heißet die Elegantia, die Leichtigkeit zusampt dem güldenen Schlußfall des Gedichtes, – caret. Ovidius Naso, der war der Mann! – Und warumb auch Naso? warumb sonst, als weil er auswitterte der Phantasey ihre balsamischen Duftblüten? Der Erfindungskraft ihre Absprünge? – Imitari, ist nichts: das tut der Hund seinem Herrn, der Affe seinem Wärter, das aufgeputzte Kunstpferd seinem Reuter. Aber Damosella Jungfrau, ward dieses Euch zugewendet? –

JACQUENETTE: Ja, Herr, von einem Musjeh Biron, einem von den Lords der ausländischen Königin.

HOLOFERNES: Ich will einmal beäugeln die Aufschrift: »An die schneeweiße Hand des allerschönsten Fräuleins Rosaline.« – Wiederumb will ich mir ansehen den Inhalt des Briefes, umb die Bezeichnung zu finden. Das Objekt, das da schreibet, an die Person, welcher da geschrieben wird: »Eu'r Gnaden zu allem Dienst bereitwilligster Biron.« Sir Nathanael, dieser Biron ist einer von denen Eidgenossen des Königes, und hat allhier einen Brief gefertiget an eine Geleitsdame der fremden Monarchin, welcher akzidenteller Weise oder auf dem Wege der Progression in die Verirrung geraten ist. Entschlüpfe, mein Kind; überantworte dieses Blatt in die Hand der Majestät; es mag von besonderem Moment sein. Verweile dich hier nicht mit Verbeugungen; ich überhebe dich deiner Pflicht; lebe wohl!

JACQUENETTE: Du, Schädel, komm mit! Herr, Gott grüß' ihn!

SCHÄDEL: Nimm mich mit, Mädel!

*Beide gehn ab.*

NATHANAEL: Sir, Ihr habt dies in der Furcht Gottes getan, sehr gewissenhaft; und wie irgendein Kirchenvater sagt, –

HOLOFERNES: Sir, redet mir nicht von dem Kirchenvater, ich verargwöhne schmuckhafte Ausschmückungen. Aber umb zurückzukommen auf die Verse; gefielen sie Euch, Sir Nathanael?

NATHANAEL: Meisterlich, was die Fassung betrifft.

Holofernes: Ich speise heute mittag bei dem Vater eines sicheren Zöglinges, allwo, wenn es Euch gefällig sein sollte, vor der Mahlzeit die Tafel mit einem gratias zu gratifizieren, ich kraft meines Privilegii bei denen Eltern fürbesagten Kindes oder Pfleglinges, Euer benvenuto auf mich nehmen will. Daselbst werde ich dann die Behaupt- und Erhärtung führen, wie jene Verse sehr ohngelahrt seien, und keine Würze haben von Poesey, Witz, noch Erfindung. Ich ersuche umb Eure Gesellschaft.

Nathanael: Und ich danke Euch: denn Gesellschaft – sagt die Schrift – ist die Glückseligkeit des Lebens.

Holofernes: Ja wahrhaftiglich! Darin tut die Schrift einen höchst ohnwiderleglichen Ausspruch. Euch, Freund, lad' ich zugleich, versagt's nicht; nein! pauca verba! – Hinweg! Die Herren sind jetzt bei der Jagd; gehn wir zu unsrer Erquickung!

*Sie gehn ab.*

# Vierter Aufzug

## Erste Szene

*Im Park.*
*Biron tritt auf, ein Papier in der Hand.*

BIRON: Der König jagt das Wild, ich hetze mich selbst; sie sind erpicht auf ihre Netze, ich bin umnetzt von Pech; Pech, welches besudelt; besudelt! ein garstiges Wort! – Nun, setze dich, Gram! – denn so, sagt man, sprach der Narr; und so sag' ich, ich, der Narr. Wohl bewiesen mein Witz! – Beim Himmel, diese Liebe ist so toll, wie Ajax, sie tötet Schafe: sie tötet mich, mich das Schaf. Abermals wohl bewiesen meinerseits! – Ich will nicht lieben: wenn ich's tue, hängt mich auf; auf Ehre, ich will's nicht. Ach, aber ihr Auge! Beim Sonnenlicht, wär's nicht um ihres Auges willen, ich würde sie nicht lieben; ja, um ihrer beiden Augen willen; wahrhaftig, ich tue nichts in der Welt als lügen, und in meinen Hals hineinlügen. Beim Himmel, ich liebe, und das lehrt mich reimen und schwermütig sein, und hier ist ein Stück von meinem Gereim und von meiner Schwermut. Nun, eins von meinen Sonetten hat sie schon: der Tölpel bracht' es, der Narr sandt' es, und das Fräulein hat es: süßer Tölpel, süßerer Narr, süßestes Fräulein! Bei Gott, ich wollte alles drum geben, wenn die drei andern auch so weit wären. Hier kommt einer mit einem Papier: gebe der Himmel, daß er seufzen möge! – *Er versteckt sich.*

KÖNIG: Weh mir!

BIRON *beiseit*: Angeschossen, beim Himmel! Nur zu, liebster Cupido; du hast ihm mit deinem Vogelbolzen eins unter die linke Brust abgegeben. Wahrhaftig, Geschriebenes? –

KÖNIG *liest*:

»So lieblich küßt die goldne Sonne nicht
Die Morgenperlen, die an Rosen hangen,
Als deiner Augen frisches Strahlenlicht
Die Nacht des Taus vertilgt auf meinen Wangen.

Der Silbermond nur halb so glänzend flimmert
Durch der kristallnen Fluten tiefe Reine,
Als dein Gesicht durch meine Tränen schimmert:
Du strahlst in jeder Träne, die ich weine.

Dich trägt als Siegeswagen jede Zähre,
Auf meinem Schmerz fährt deine Herrlichkeit;
So schau, wie ich die Tränenschar vermehre,
Es wächst dein Ruhm, je herber wird mein Leid.

Doch liebe dich nicht selbst; die Tränen scheinen
Dir Spiegel sonst, und ewig müßt' ich weinen.
O aller Jungfrau'n Haupt, du hochgekröntes,
Kein Geist erdenkt dein Lob, kein Mund ertönt es!«

Wie wird mein Leid dir kund? Hier lieg' du, Blatt:
Birg Torheit, freundlich Laub! Wer tritt hervor?

*Der König tritt auf die Seite.*
*Longaville kommt mit einem Papiere.*

Was, Longaville und lesend? Horch, mein Ohr!

BIRON *beiseit*: In gleicher Herrlichkeit der dritte Tor! –

LONGAVILLE: Weh mir, ich brach den Schwur! –

BIRON *beiseit*: Er trägt den Zettel
Wie einer, der für Meineid steht am Pranger! –
KÖNIG *beiseit*:
Verliebt? Genossenschaft wird Scham versüßen!
BIRON *beiseit*:
Ein Trunkenbold wird gern den andern grüßen.
LONGAVILLE: Ich bin wohl nicht meineidig so allein.
BIRON *beiseit*:
Ich könnte leicht dich trösten, ich weiß sogar von zwein!
Wir woll'n als Kleeblatt uns, als Triumvirn assoziieren,
Die Redlichkeit am Tyburn des Amor strangulieren.
LONGAVILLE:
Wenn Rührung nur dem starren Vers nicht fehlte!
O süßes Kind, Maria, Auserwählte! –
Die Reime da zerreiß' ich, schreib' in Prose.
BIRON *beiseit*: Reime sind Schleifen an Cupidos Hose;
Verdirb ihm nicht die Ware!
LONGAVILLE: Ja, so geht's.

*Liest das Sonett.*

»Nur die Rhetorik deiner Himmelsblicke
(Die Welt kann ihr nicht bündig widersprechen)
Verführte mich zu dieses Meineids Tücke;
Nicht sträflich ist's, um dich den Schwur zu brechen.

Dem Weib entsagt' ich: doch ist sonnenklar,
Da Göttin du, niemals entsagt' ich dir;
Himmlisch bist du, mein Eid nur irdisch war;
Geheiligt dir, heilt jede Sünd' in mir.

Ein Schwur ist Hauch, und Hauch ist Dunst; o schein'
Auf meine Erde, Sonne, du mein Licht,
Zieh' auf das Dunstgelübd', dann ist es dein:

Gebrochen darin, tat ich die Sünde nicht.
Ja, bräch' ich's auch, kein Tor wird sich besinnen,
Um Wortsverlust den Himmel zu gewinnen.«

BIRON *beiseit*:
O brünst'ge Liebesglut! Das nenn' ich Ketzerei!
Ein unreif Gänschen verehren, als ob's 'ne Göttin sei!
Gott helf' uns, ach, Gott helfe! Verirrten wir uns so weit? –

LONGAVILLE: Durch wen nur send' ich es? Halt! Gesellschaft? ich trete beiseit.

*Er tritt auf die Seite. Dumain kommt.*

BIRON *beiseit*:
Versteckt in allen Ecken, ein Spiel aus Kinderzeit!
Ich throne wie ein Halbgott, verhüllt in meiner Wolke,
Zu strenger Aufsicht diesem höchst argen Sündervolke.
Noch neue Säcke zur Mühle? O mehr als Hoffen verhieß!
Dumain ist auch verwandelt: vier Schnepfen an einem Spieß!

DUMAIN: O Käthchen, göttlich Käthchen!

BIRON *beiseit*: O Tropf, profaner Tropf!

DUMAIN: Beim Himmel! Als ein Wunder jeglichen Blick vergnügst du!

BIRON *beiseit*:
Bei der Erde, sie ist keins, o Menschenkind, dies lügst du.

DUMAIN: Ihr Ambrahaar beschämt den Ambra selber.
BIRON *beiseit*:
Merkwürdig genug! Ein Rab', ein ambragelber! –
DUMAIN: Wie Zedern schlank!
BIRON *beiseit*: Ist guter Hoffnung nicht
Ihr Schulterblatt?
DUMAIN: Glanzvoll, wie Tageslicht! –
BIRON *beiseit*: O ja, nur muß die Sonne just nicht scheinen.
DUMAIN: O hätt' ich meinen Wunsch!
LONGAVILLE *beiseit*: Und ich den meinen!
KÖNIG *beiseit*: Und ich den meinen auch, du edler Lord!
BIRON *beiseit*:
Amen, und meinen ich: das war ein trefflich Wort.
DUMAIN: Wo find' ich Ruh'? Sie glüht als Fieber täglich
Im Blut mir; sie vergessen wird unmöglich.
BIRON *beiseit*: In deinem Blut? Dann mußt du Ader lassen,
Und, schöner Unsinn! fängst sie auf in Tassen.
DUMAIN: Noch einmal les' ich durch, was ich geschrieben.
BIRON *beiseit*:
Noch einen seh' ich hier, verdummt durch Lieben.
DUMAIN *liest*:

»Einst – o wehe, muß ich klagen! –
In des Maies Liebestagen
Spähte Lieb' ein Röslein duftig,
Wie's am Stengel schwankte luftig;
Durch den Samt der Blätter wehn
Schmeichelwinde ungesehn:
Der Geliebt', in Todespein,
Wünscht des Himmels Hauch zu sein.

Luft, spricht er, küßt deine Wangen,
Könnt' ich den Triumph erlangen! –
Schwur, ach! hält die Hand zurücke;
Daß sie nicht vom Dorn dich pflücke;
Ach, so schwört die Jugend nicht,
Die so gerne Blüten bricht.
Nenn' es Sünde nicht, daß ich
Jene Eide brach für dich.
Dir ja hätte Zeus geschworen,
Juno gleiche schwarzen Mohren;
Sterblich stieg' er selbst zur Erden,
Um in Liebe dein zu werden.«

Dies send' ich, will noch klarer ihr in Bildern
Der treuen Liebe Sehnsuchtsqualen schildern.
O daß der Fürst, Biron und Longaville
Auch liebten! Spielt hier jeder böses Spiel,
Wird meiner Stirn der Makel fortgeschafft:
Denn keiner fehlt, sind alle gleich vergafft.

LONGAVILLE *hervortretend*:

Dumain, fern ist dein Lieben aller Gnade!
Genossen willst du auf verliebtem Pfade? –
Oh, sieh nur blaß; ich weiß, *ich* würd' erröten,
Fänd' ich mich so ertappt im Übertreten.

KÖNIG *hervortretend*:

Ja, werde rot, dein Fall ist gleich so schwer!
Du schiltst auf ihn und sündigst zweimal mehr;
Du liebst wohl nicht Marien? Longaville
Schrieb niemals ein Sonett im hohen Stil? –
Hielt auf der Brust die Arme nie gefalten,

Um nieder nur sein klopfend Herz zu halten?
Hier im Gebüsch, das schirmend mich versteckt,
Sah ich euch beid' und war für beid' erschreckt.
Die freveln Reime last ihr recht beweglich,
Die Seufzer dampften auf, ihr stöhntet kläglich;
Der rief zum Zeus, der ließ ein Ach! erschallen,
Der nannt' ihr Haar Gold, der ihr Aug' Kristallen,
Der wollt' um Meineid sich den Himmel kaufen,
Der ließ den Zeus der Juno selbst entlaufen.
Wie spottet wohl Biron, wenn er erfuhr,
Gebrochen sei, was man so eifrig schwur;
Wie wird er euch verlachen, jubilieren,
Und Witze sprühn und höhnisch triumphieren!
Um alle Schätze, die ich je gesehn,
Ich möcht' ihm so nicht gegenüber stehn.

BIRON *hervortretend*:

Jetzt, Heuchelei, jetzt ist's um dich geschehn:
Verzeih', o mein erlauchter Souverän!
Mit welchem Anstand schiltst du diese Kälber:
Sag, gutes Herz, wer liebt mehr als du selber?
Dein Aug' ist nie ein Wagen? Wenn es weint,
Gibt's keine Fürstin, die drin widerscheint?
Du brichst um keinen Preis den Eid, ich wette,
Und nur ein Bänkelsänger schreibt Sonette.
Schämt ihr euch nicht? Ihr schämt euch ohne Frage,
Ihr alle drei, daß dies so kam zu Tage.
Du fand'st an ihm, der Fürst an dir den Splitter;
Ich euren Balken, ihr drei Liebesritter.
O Himmel, welch ausbünd'ge Narrenszene,

Von Seufzen, Gram, von Ächzen, von Gestöhne!
Wie ernsthaft blieb ich, als vor meinem Blicke
Ein hoher Fürst sich umgeformt zur Mücke!
Als Herkules, der Held, den Kreisel drehte
Und Salomo ein Gassenliedchen krähte,
Nestor mit Kindern Seifenblasen machte
Und Läst'rer Timon über Possen lachte!
Wo schmerzt es dich, Freund Longaville, gesteh' es?
Wo, Dumain, fließt die Quelle deines Wehes?
Wo Eurer Hoheit? Allen wohnt's im Herzen! –
He, bringt ein Licht! –

KÖNIG: Zu bitter wird dein Scherzen;
Sind wir durch deine Klugheit so verraten?

BIRON: Nicht ihr durch mich, ich bin durch euch verraten:
Ich, stets so brav; ich; der's wie Sünde scheut,
Zu brechen den von mir gelobten Eid,
Ich bin verraten, weil ich mich verband,
Menschen, so menschlich, so voll Unbestand.
Wann sah man mich ein Lied in Reime zwingen?
Um Lenen stöhnen? Wann den Tag verbringen
Mit Putzen? Wann vernahmt ihr, daß ich sang
Gedicht' auf Hand, auf Wang', auf Aug' und Gang,
Figur, Natur, auf Stirn, auf Fuß und Zeh',
Auf Lust und Brust?

*Jacquenette und Schädel treten auf,*
*als Biron sie kommen sieht, läuft er ihnen entgegen.*

KÖNIG: Wohin entläufst du? Steh!
Trabst du als Ehrlich oder Dieb so eilig?

BIRON: Der Lieb' entflieh'nd, nicht bei Verliebten weil' ich.
JACQUENETTE: Gott grüß' den König!
KÖNIG: Bringst du was für mich? –
SCHÄDEL: Was von Verrat, Herr!
KÖNIG: Wie entspann er sich? –
SCHÄDEL: Gesponnen ward er nicht.
KÖNIG: Nun, wenn auch nicht gestrickt,
So seid Verrat und du nach Hause jetzt geschickt.
JACQUENETTE:
Seid doch so gut, Herr König: lest, was sich begeben hat,
Dem Pfarrer schien's bedenklich; er sagt, es sei ein Verrat.
KÖNIG: Nimm, Biron, lies ihn vor! Wer hat ihn dir gegeben?
JACQUENETTE: Das war der Schädel da.
KÖNIG: Wer hat ihn dir gegeben?
SCHÄDEL: Tonn' Adramotte war's, Tonn' Adramodio.
KÖNIG:
Wie nun, was ficht dich an? Warum den Brief zerstören?
BIRON: 's ist kein Verrat, mein König; ein Tand, das kann ich beschwören.
LONGAVILLE: Er bracht' ihn ganz in Zorn, und deshalb woll'n wir ihn hören.
DUMAIN: 's ist Birons Hand, wahrhaftig, und hier sein Name dazu.
BIRON: O Tölpel, verdammter Tropf! Mußt du mich beschämen? du?
Strafbar, mein König, strafbar, ich klage selbst mich an.
KÖNIG: Wie das?
BIRON: Euch fehlt ein vierter Narr: vollständig ist nun das Gespann.

Den, diesen, und Euch, mein Fürst, und mich traf gleiches Verderben;
Wir alle sind Gauner der Lieb', und verdienen, des Todes zu sterben.
Entlaßt die edle Versammlung, und mehr noch meld' ich Euch hier.

DUMAIN: Was ungleich, ward jetzt eben.

BIRON: Jawohl, wir sind nun vier.
Entfliegen die Tauben nicht bald?

KÖNIG: Was zaudert ihr noch? Geht fort! –

SCHÄDEL: Wir beiden Gerechten gehn, die Verräter bleiben am Ort.

*Schädel und Jacquenette ab.*

BIRON: Nun, Freunde, Liebende, seid mir umarmt! –
Wir sind so treu, als Fleisch und Blut nur reicht;
See ebbt und flutet, Winterluft erwarmt,
Jung Blut zerbricht die alte Satzung leicht.
Nicht zu umgehn ist, was uns selbst geboren:
Drum war der Eid im Schwur schon falsch geschworen.

KÖNIG: Sprach Liebe jenes Blatt? Ich wette drauf!

BIRON: Du fragst? Wer schaut zu Rosalinen auf,
Der gleich dem wilden Sohn des Inderstrands,
Wenn sich der Ost erschließt zu Pracht und Lust,
Nicht beugt das Haupt, anbetend seinen Glanz,
Und küßt den Staub mit untertän'ger Brust? –
Welch überkühnes Adlerauge wendet
Zur Sonne sich, von keiner Wolk' umhüllt,
Und wird von ihrer Hoheit nicht geblendet? –

König: Welch Eifern? Welche Wut hat dich erfüllt?
Ein Mond, herrscht meine Dam' in sanftem Licht,
Weil sie als Dienstgestirn kaum sichtbar funkelt.
Biron: Dann ist mein Sehn kein Sehn, ich Biron nicht;
Wär' nicht mein Liebchen, Tag wär' nachtumdunkelt.
Die Quintessenz der Farbenschönheit strahlt
Wie reinste Edelstein' auf ihren Wangen;
Wie sich ein Bild aus tausend Reizen malt,
Ein Meisterwerk selbst meisterndem Verlangen.
Hätt' ich den Zauber höchster Redekunst, –
Nein, sie bedarf dein nicht, erborgter Schimmer! –
Verkäuflich Gut empfehl' des Käufers Gunst,
Sie steht zu hoch dem Lob für jetzt und immer.
Ein Mönch, verdorrt und hundert Winter alt,
Wirft funfzig ab, kann er ins Aug' ihr blicken;
Schönheit verjüngt ihm kräftig die Gestalt,
Tauscht mit der Kindheit Wiege seine Krücken:
Oh, Licht und Leben strahlt sie gleich der Sonne.
König: Ei, deine Dam' ist schwarz wie Ebenholz! –
Biron: Ist Ebenholz ihr gleich? O Holz der Wonne! –
Ein Weib, daraus gezimmert, wär' mein Stolz.
Wo ist ein Buch? Fest soll mein Schwur bestehn,
Daß Schönheit selbst die Schönheit nicht erreicht,
Lernt sie von ihrem Auge nicht das Sehn:
Und keine schön, die ihr an Schwärze weicht.
König: Sophisterei! Schwarz ist Livrei der Hölle,
Des Kerkers Farbe, Schule finstrer Nacht,
Und helles Weiß thront auf des Himmels Schwelle.
Biron: Zu täuschen, wählt der Teufel lichte Tracht.

Wenn Schwarz die Stirne meiner Liebsten deckt,
So trauert sie, daß falsches Haar, Karmin
Verliebte reizt mit täuschendem Aspekt;
Das Schwarz ward hell, da sie zur Welt erschien.
Ihr Antlitz lenkt die Mod' auf neue Bahn,
Natürlich Blut hört man als Schminke schelten:
Und Rot, des Glänzen gilt für eitlen Wahn,
Färbt schwarz sich, ihrer Stirne gleich zu gelten.

DUMAIN:
Ihr gleich zu sein, sind schwarz die Schornsteinfeger!

LONGAVILLE:
Seit sie erschien, dünkt sich der Köhler schmuck.

KÖNIG: Mit seiner holden Farbe prangt der Neger!

DUMAIN: Spart alle Kerzen, Nacht ist hell genug.

BIRON: Die Damen, die ihr wähltet, scheun den Regen,
Er möcht' an ihrer muntern Schminke naschen.

KÖNIG: Doch deiner, dächt' ich, käm' er recht gelegen:
Du nennst die Schönste, die sich nicht gewaschen.

BIRON:
Währt's bis zum Jüngsten Tag, ihr Schönsein preis' ich!

KÖNIG: Dann schreckt ihn mehr als sie der Teufel nicht.

DUMAIN:
Kein Mensch war so vergafft in Dorn und Reisig!

LONGAVILLE:
Sieh hier ihr Bild: mein Schuh und ihr Gesicht.

BIRON: Oh, wären deine Augen Pflastersteine,
Ihr Fuß wär' viel zu zart, um drauf zu gehn!

DUMAIN: Damit recht deutlich dann der Straß' erscheine,
Was sonst, wenn auf dem Kopf man steht, zu sehn.

KÖNIG: Sind alle wir verliebt? – All' aus dem Gleise? –
BIRON: Unleugbar; und meineidig alle drei.
KÖNIG:
So schweigt nun, und Biron, mein Freund, beweise,
Daß Lieb' erlaubt und nicht ein Treubruch sei!
DUMAIN: O ja, reich' etwas Balsam diesem Zweifel!
LONGAVILLE: Ach, stände jetzt dir Weisheit zu Gebot,
Logik und List, zu prellen klug den Teufel!
DUMAIN: Tinktur für Meineid!
BIRON: Wahrlich, die tut not.
Auf, ins Gewehr, streitbare Liebesritter! –
Erwägt, was ihr zuerst beschworen habt:
Fasten, studieren, keine Frauen sehn; –
Klarer Verrat am Königtum der Jugend.
Sagt, könnt ihr fasten? Ihr seid all' zu jung;
Und die Enthaltsamkeit zeugt Krankheit nur;
Und als ihr zu studieren habt gelobt,
Da habt ihr euerm Buch schon abgeschworen.
Könnt ihr stets träumen, grübeln, darauf starren?
Wie hättet Ihr, o Herr, und Ihr, und Ihr
Erforscht die Herrlichkeit der Wissenschaft,
Half euch die Schönheit nicht der Frau'ngesichter?
Aus Frauenaugen zieh' ich diese Lehre;
Sie sind der Grund, das Buch, die hohe Schule,
Aus der Prometheus' echtes Feu'r entglüht.
Ei, stets sich abarbeiten, kerkert ein
Die raschen Lebensgeister im Geblüt,
Wie rastlos angestrengtes Wandern endlich
Die Sehnenkraft des Reisenden ermüdet.

Nun, wollt ihr nie ein Frauenantlitz schaun,
Habt den Gebrauch der Augen ihr verschworen
Und auch das Studium, dem ihr euch gelobt.
Denn, welcher Autor in der ganzen Welt
Lehrt solche Schönheit, wie ein Frauenauge?
Das Wissen ist ein Anhang nur zu uns,
Und wo wir sind, ist unser Wissen auch.
Drum, wenn wir uns in Mädchenaugen sehn,
Sehn wir nicht gleichfalls unser Wissen dort? –
Oh, wir gelobten Studien, werte Lords:
Mit dem Gelübd' entsagten wir den Büchern.
Wie hättet Ihr, o Herr, und Ihr, und Ihr
Durch bleierne Betrachtung je ersonnen
So glüh'nden Vers, als den begeisternd Augen
Von Schönheitspflegerinnen euch gespendet? –
Das andre träge Wissen bleibt im Hirn,
Und deshalb finden seine dürren Knechte
Mühsel'ge Ernte kaum nach schwerem Dienst.
Doch Lieb', in Frauenaugen erst gelernt,
Lebt nicht allein vermauert im Gehirn,
Nein, mit der Regung aller edlen Geister
Strömt sie gedankenschnell durch jede Kraft
Und zeugt jedweder Kraft zwiefache Kraft,
Weit höher als ihr Wirken und ihr Amt.
Die feinste Schärfe leiht sie dem Gesicht;
Wer liebt, des Auge schaut den Adler blind.
Wer liebt, des Ohr vernimmt den schwächsten Laut,
Wo selbst des Diebs argwöhnisch Horchen taub ist.
Die Liebe fühlt empfindlicher und feiner,

Als der beschalten Schnecke zartes Horn;
Schmeckt sie, wird Bacchus' leckre Zunge stumpf;
Ist Lieb' an Kühnheit nicht ein Herkules,
Der stets der Hesperiden Bäum' erklimmt? –
Schlau wie die Sphinx, so süß und musikalisch
Wie Phöbus' Lei'r, bespannt mit seinem Haar? –
Wenn Liebe spricht, darin lullt der Götter Stimme
Den Himmel ein durch ihre Harmonie;
Nie wagt's ein Dichter und ergriff die Feder,
Eh' er sie eingetaucht in Liebesseufzer! –
Dann erst entzückt sein Lied des Wilden Ohr,
Pflanzt in Tyrannen holde Menschlichkeit.
Aus Frauenaugen zieh' ich diese Lehre:
Sie sprühn noch jetzt Prometheus' echte Glut;
Sie sind das Buch, die Kunst, die hohe Schule,
Die alle Welt umfaßt, erläutert, nährt.
Sonst überall ist nichts Vollkommnes da.
Drum wart ihr Toren, diesen Frau'n entsagend,
Und haltet ihr den Schwur, so bleibt ihr Toren.
Der Weisheit halb, – ein Wort, das jeder liebt –
Der Liebe halb, – ein Wort, das jeden liebt –
Der Männer halb, die Schöpfer sind der Frau'n, –
Der Frauen halb, durch die wir Männer sind,
Laßt uns den Eid vernichten, uns zu retten,
Sonst retten wir den Eid, vernichten uns.
's ist Religion, meineidig so zu werden,
Denn Gnade selber schrieb uns das Gebot;
Und wer mag Liebe trennen von der Gnade?

KÖNIG: Sankt Amor denn! Und, Ritter, auf! Ins Feld! –

BIRON: Voran die Banner, und zum Angriff, Lords;
Nieder mit ihnen, drängt und sprengt die Reih'n;
Doch seid bedacht, die Sonn' im Kampf zu teilen.
LONGAVILLE: Nun, schlicht und ehrlich, ohne viel Figuren:
Soll'n wir um die französ'schen Mädchen frein?
KÖNIG: Frein und gedeihn: deshalb laßt uns ersinnen
Ein festlich Spiel für sie in ihren Zelten!
BIRON: Erst führen wir hieher sie aus dem Park,
Dann heimwärts leit' ein jeder an der Hand
Sein schönes Liebchen; diesen Nachmittag
Soll sie ein art'ger Zeitvertreib ergötzen,
So gut die kurze Zeit vergönnen will;
Es bahnen Spiele, Masken, Fest' und Tänze
Den Weg der Lieb' und streun ihr Blumenkränze.
KÖNIG: Fort, daß wir müßig nicht die Zeit versitzen:
Die Stunde, die noch unser, laßt uns nützen!
BIRON: Allons! Wer Unkraut sät, drischt kein Getreide,
Gerechtigkeit wägt stets in richt'gen Schalen;
Der Dirnen Leichtsinn straft gebrochne Eide;
Nichts Beßres kaufen, die mit Kupfer zahlen.

*Sie gehn ab.*

## Zweite Szene

*Ebendaselbst.*
*Holofernes, Nathanael und Dumm treten auf.*

HOLOFERNES: Satis quod sufficit.

NATHANAEL: Ich preise Gott für Euch, Sir; Euere Tischreden waren vielgekörnt und sentenzenreich, ergötzlich ohne Skurrilität, witzig ohne Affektation, kühn ohne Frechheit, gelahrt ohne Eigendünkel und paradox ohne Ketzerei. Ich diskurrierte an einem dieser quondam Tage mit einem Gesellschafter des Königs, welcher tituliert, benamset oder genannt wird Don Adriano de Armado.

HOLOFERNES: Novi hominem tanquam te: sein Humor ist hochfliegend, seine Redeweise gebieterisch, seine Zunge pfeilscharpf, sein Auge ehrsüchtig, sein Gang majestätisch, und sein Betragen überall pomphaft, lächerlich und thrasonisch. Er ist zu erlesen, zu verschniegelt, zu zierhaft, zu absonderlich, sozusagen; ja, daß ich mich des Ausdrucks bediene, zu ausländerisch.

NATHANAEL: Ein höchst eigentümliches und auserwähltes Prädikat. *Er nimmt seine Schreibtafel.*

HOLOFERNES: Er zeucht den Faden seiner Loquazität feiner, als es der Wollenvorrat seiner Gedanken verträgt. Ich abscheue dergleichen adrogante Phantasmen, solche ungeselligliche und zierausbündige Pürschlein, solche Folterknechte Ortographiae, als die da sagen: »kein« statt: »nicht ein«; – »Harfe« statt: »Harpfe«; er spricht statt: »er scheußet«, »er schießt«; »ich verleure«, vocatur »verliere«; er benamset einen »Nachbauer«, »Nachbar«; »Viech«, abbreviieret, »Vieh«; Pfui (welches er verunstalten würde in »fi«)! solches ist ein Scheuel und Greuel; es reget in mir auf Ingrimmigkeit; ne intelligis, domine? machet mich fast gallenerbittert, ja abersinnig.

NATHANAEL: Laus deo, bone intelligo.

HOLOFERNES: Bone? – bone, für bene: Priscianus einigermaßen geohrfeiget: muß hingehen.

*Armado, Motte und Schädel treten auf.*

NATHANAEL: Videsne qui venit?

HOLOFERNES: Video et gaudeo.

ARMADO: Bursch, –

HOLOFERNES: Quare Bursch? warum nicht Pursch? –

ARMADO: Männer des Friedens, willkommen!

HOLOFERNES: Höchst kriegerischer Herr, Salutationem.

MOTTE *beiseit zu Schädel*: Sie sind auf einem großen Schmaus von Sprachen gewesen und haben sich die Brocken gestohlen.

SCHÄDEL: Oh, sie zehren schon lange aus dem Almosenkorb der Worte. Mich wundert, daß dein Herr dich nicht schon als ein Wort aufgegessen hat; denn du bist von Kopf zu Fuß noch nicht so lang als honorificabilitudinitatibus: man schlingt dich leichter hinunter als ein Mandelschiffchen.

MOTTE: Still, das Läuten fängt an.

ARMADO *zu Holofernes*: Monsieur, seid Ihr kein Literatus?

MOTTE: Ja, ja, er erklärt den Buben die Fibel. Was reimt sich auf Graf und trägt Hörner auf dem Kopf? –

HOLOFERNES: Auf Graf, pueritia?

MOTTE: Ihr selbst, o einfältiges Schaf, mit Euren Hörnern: da hört Ihr nun seine Gelehrsamkeit.

HOLOFERNES: Quis, quis, du Konsonant? –

MOTTE: Begreift Ihr's nicht? – Teilt euch einmal in den Namen Erich, laßt den die erste Hälfte sagen, und sprecht Ihr die zweite, da sollt Ihr's hören. Wer ist das Schaf?

ARMADO: Er.

HOLOFERNES: Ich.

ARMADO: Nun, bei der salzigen Woge des Mediterraneums, ein artiger Stoß, eine lebhafte Stoccata: tik tak, spitzig und witzig: es erfreut meinen Scharfsinn: es ist echter Humor, dem Sitz des Hauptes entsprossen.

MOTTE: Oder echte Sprossen, die auf dem Haupte sitzen.

HOLOFERNES: Was besaget diese Allusion? diese Figur?

MOTTE: Hörner.

HOLOFERNES: Du disputierest wie Infantia; geh, peitsche deinen Kreisel!

MOTTE: Leiht mir Euer Horn, einen draus zu drechseln und herumzupeitschen Eure infamia, circum, circa: ein Kreisel von Hahnreihorn! –

SCHÄDEL: Und hätte ich nur einen Pfennig im Sack, du solltest ihn haben, um dir Pfeffernüsse zu kaufen; halt, da ist noch dieselbe Remuneration, die ich von deinem Herrn bekam, du Hellerbüchse von Witz, du Taubenei von Manierlichkeit. Ei, wenn's der Himmel doch so gefügt hätte, daß du nur mein Bastard wär'st! Zu welchem freudigen

Vater würdest du mich machen! – Geh, Kleiner, du triffst es ad unken, den Nagel auf den Kopf, wie man zu sagen pflegt.

HOLOFERNES: Oho, ich wittere falsches Latein; – für ad unguem.

ARMADO: Kunstmann, praeambula; wir wollen uns abscheiden von den Barbaren. Diszipliniert Ihr nicht pueritiam in dem Scholarchengebäude auf dem Haupte des Gebirges?

HOLOFERNES: Oder auf mons, dem Hügel.

ARMADO: Je nach Eurem gütigen Wohlgefallen, statt des Gebirgs.

HOLOFERNES: Also tue ich, senza dubbio.

ARMADO: Sir, es ist des Königs allerliebstes Wohlmeinen und Affektation, die Prinzessin zu beglückwünschen in ihren Pavilionen, in den Posterioribus des Tages, welche der rohe Pöbel nennt – Nachmittag.

HOLOFERNES: Die Posteriora des Tages, höchst edelmütiger Ritter, sind adäquat, kongruent und anfügsam für den Nachmittag; das Wort ist selekt, erlesen süß und würzig, das beteuere ich, hochansehnlicher Herr, das beteuere ich.

ARMADO: Herr, der König ist ein wackrer Edelmann, und mein vertrauter, ich darf sagen, mein sehr guter Freund, – was innerlich unter uns vorgeht, dessen sei nichts erwähnt; ich bitte dich, gedenke nicht dieses Zeremoniells, ich bitte dich, laß dein Haupt gedeckt, – und benebst andern gewichtvollen und höchst ernstlichen Entwürfen – und gewiß von nachdrücklichem Gewicht –, aber dessen sei nichts erwähnt –: denn ich muß dir sagen, es ist Seiner

Majestät gefällig – beim Sonnenlicht! –, manchmal sich zu lehnen auf meine unwürdige Schulter, und mit ihren königlichen Fingern so zu tändeln mit meinem Auswuchs, meinem Knebelbart: allein, süßes Herz, dessen sei nichts erwähnt. Beim Licht des Äthers! ich trage dir keine Fabeln vor; manche sonderliche und ausbündige Ehren gefällt es seiner Machtvollkommenheit zu erweisen dem Armado, einem Soldaten, einem Vielgewanderten, einem, der die Welt gesehn, aber dessen sei nichts erwähnt. Der eigentliche Kern des allen ist – aber, süßes Herz, ich flehe um Verschwiegenheit –, daß der König verlangt, ich solle die Prinzessin, sein holdes Lamm, regalieren mit einer vorzüglichen Ostentation, Prunkschau, einem Aufzug, Mummenschanz oder Feuerwerk. Nun, wohl – wissend, wie der Pfarrer und Euer süßes Selbst tüchtig seid für dergleichen Ausbruch und plötzlichen Erguß der Hilarität, habe ich Euch hievon verständiget, in Absicht, Euren Beistand in Ansprache zu nehmen.

HOLOFERNES: Ritter, dann müsset Ihr die neun Helden vor ihr agieren. Sir Nathanael – was da anbelanget eine Zeitkürzung, eine Schaustellung in den Posterioribus dieses Tages, welche aufgeführet werden soll durch unsre Mitwirkung, auf der Majestät Gebot, und dieses höchst galanten, illustrierten und gelahrten Edelmannes vor der Prinzessin, – behaupte ich nicht eines so angemessen als eine Darstellung der neun Helden.

NATHANAEL: Wo finden wir Männer, die heldenhaft genug sein, sie darzustellen? –

HOLOFERNES: Den Josua, Ihr selbsten; ich oder dieser

dapfre Edelmann, den Judas Makkabäus; dieser Schäfer hier vermöge seiner großen Struktur und Gliederfügung soll Pompejus den Großen übernehmen; der Page den Herkules.

ARMADO: Verzeiht, Herr, ein Irrtum: er hat nicht Quantität genug für jenes Helden Daumen; er ist nicht so dick als der Knopf seiner Keule.

HOLOFERNES: Vergönnet man mir Anhörung? Er soll den Herkules agieren in seiner Minorennität, sein Auftreten und sein Abschreiten soll sein die Erdrosselung des Lindwurmes; und ich werde eine Apologie für diesen Endzweck in Bereitschaft halten.

MOTTE: Vortrefflich ersonnen! Wenn dann einer von den Zuhörern zischt, so könnt Ihr rufen: »Recht so, Herkules, nun würgst du die Schlange«; so gibt man den Fehlern eine Wendung, obgleich wenige gewandt genug sind, das mit Anstand auszuführen.

ARMADO: Und das Residuum der Heldenzahl?

HOLOFERNES: Drei will ich selbsten spielen.

MOTTE: Dreimal heldenhafter Mann! –

ARMADO: Soll ich euch etwas anvertrauen?

HOLOFERNES: Wir horchen auf.

ARMADO: Wann dies nicht erkleckt, agieren wir einen Mummenschanz. Ich ersuch' euch, kommt!

HOLOFERNES: Animo, Gevatter Dumb! du hast die ganze Zeit kein Wort gesagt.

DUMM: Auch keins verstanden, Herr.

HOLOFERNES: Andiamo, wir wollen dich anstellen.

DUMM: Ich will eins tanzen, oder so; oder ich will den

Helden eins auf der Trommel spielen, dann sollen sie den Bauerntanz drehn.

HOLOFERNES: Ja, du ehrlicher, dümblicher Dumb; wir wollen an die Arbeit gehn.

*Sie gehn ab.*

# Fünfter Aufzug

## Erste Szene

*Vor dem Zelte der Prinzessin.*
*Die Prinzessin und ihre Damen treten auf.*

PRINZESSIN:
Kinder, man macht uns reich, bevor wir reisen,
Wenn Angebind' in solcher Fülle kommen:
Ein Fräulein, eingefaßt in Diamanten!
Seht, was mir sandte der verliebte Fürst.

ROSALINE:
Kam sonst, Prinzessin, nichts mit dem Geschenk?

PRINZESSIN: Nichts andres? Ja, so viele Liebesreime,
Als nur ein ganzer Bogen in sich faßt:
Zwei Seiten, eng geschrieben, Rand und alles,
Und Amors Bild ins Siegelwachs gedrückt.

ROSALINE: So kam der kleine Gott einmal ins Wachstum,
Der seit fünftausend Jahren blieb ein Knabe.

KATHARINE: Ja, und ein arger Galgenschelm dazu.

ROSALINE: Ihr seid ihm gram, er tötet' Eure Schwester.

KATHARINE: Er machte sie schwermütig, trüb und ernst,
Und also starb sie; war sie leicht wie Ihr,
So lust'gen, muntern, flatterhaften Sinnes,
Großmutter konnt' sie werden, eh' sie starb:
Und Ihr wohl auch, denn leichtes Herz lebt lang'.

ROSALINE:
Wollt Ihr das dunkle »leicht« uns nicht erleuchten?

KATHARINE:
Leicht zündend Licht in einer dunkeln Schönheit.
ROSALINE:
Das Licht, das Ihr uns ansteckt, brennt noch dunkel.
KATHARINE:
Es möcht' Euch brennen, wenn ich's heller putzte;
Drum lassen wir die Sache nur im Dunkeln.
ROSALINE: Was Ihr auch immer tut, Ihr tut's im Dunkeln.
KATHARINE:
Ihr seid zu leicht, drum scheut Ihr nicht das Licht.
ROSALINE: Ich wiege nicht, was Ihr, drum bin ich leicht.
KATHARINE:
Was wiegt Ihr denn? Ich weiß von keiner Wiege!
ROSALINE: Nun freilich, Eure Worte wägt Ihr nicht.
PRINZESSIN:
Recht hübsch gespielt; der Ball flog hin und her.
Doch, Rosalin', auch Ihr bekamt was Hübsches:
Wer sandt' es, und was ist's?
ROSALINE: Ich wollt', Ihr wüßtet's;
Wär' mein Gesicht so hübsch nur als das Eure,
Gleich Hübsches hätt' ich dann, bezeug' es dies.
Ja, Verse hab' ich auch, Dank Herrn Biron;
Die Füße richtig; ging er nicht darauf
Zu weit, ich wär' der Erde schönste Göttin,
Denn er vergleicht mich zwanzigtausend Schönen.
Oh, mein Gemäld' entwarf er in dem Brief!
PRINZESSIN: Und malt er gut?
ROSALINE: O ja, des Briefs Buchstaben, nicht mein Lob.
PRINZESSIN: So schön, wie Tinte! Trefflicher Vergleich! –

KATHARINE: Schwarz, wie das große B im Vorschriftbuch!
ROSALINE: Ich male nicht, denn ich bin frei von Malen,
Mein goldner Ausbund roter Initialen;
Oh, schad' um all die O's auf deiner Wange!
PRINZESSIN: Ei, still von Pocken; schweig', du kleine Schlange! –
Doch was hat Euch Freund Dumain zugesandt?
KATHARINE: Den Handschuh da.
PRINZESSIN: Wie, nur für *eine* Hand?
KATHARINE:
Oh! Nein, ein Paar; um mich zu langeweilen,
Schrieb er zehntausend schäferhafte Zeilen,
Voll Übertreibung, Schwulst und Heuchelei;
Schlecht abgefaßt; vollkommne Stümperei.
MARIA: Dies und die Perlenschnur schickt' Longaville,
In jedem Dutzend Worte zwölf zu viel.
PRINZESSIN: Gewiß, mit dieser Sendung steht es schief:
Warum nicht längre Kett' und kürzern Brief?
MARIA: Das war ein Wort an Füll' und Inhalt tief.
PRINZESSIN: Wie klug, die Liebenden so zu verlachen!
ROSALINE:
Wie dumm, daß sie erkaufen schwer dies Lachen!
Dem Biron will ich schlimme Händel machen.
Oh, hätt' ich auf acht Tag' ihn nur gefangen,
Er sollte kriechen, wedeln, betteln, bangen,
Nach Stund' und Zeit und Wink sich drehn und wenden,
In leeren Reimen seinen Witz verschwenden,
Mir Sklavendienste tun aus aller Macht,
Stolz, daß er stolz mich Höhnende gemacht:

So wundergleich beherrschte mein Gebot ihn,
Daß er als Narr mir folgte, der Despotin.
PRINZESSIN: So fest sitzt keiner, ward er erst gefangen,
Als der aus Witz in Torheit eingegangen.
Torheit, in Weisheit ausgebrütet, stützt
Auf Weisheitsgrund sich, und die Schule nützt,
Daß Anmut, Witz, all die gelehrten Gilden
Vollständig den anmut'gen Narren bilden.
ROSALINE: Nie brennt der Jugend Blut so wild empört
Als strenger Ernst, wenn Mutwill' ihn betört.
MARIA: Torheit der Narr'n ist minder scharf geprägt,
Als Narrheit, die im weisen Mann sich regt;
Denn alle Kraft des Witzes muß ihm nützen,
Auf Scharfsinn seine Albernheit zu stützen.

*Boyet kommt.*

PRINZESSIN: Seht Boyet! Freude strahlt in seinen Zügen!
BOYET: Oh, dem Gelächter muß ich fast erliegen!
PRINZESSIN: Was bringst du?
BOYET: Jetzo gilt es, schnell verschanzt,
Verteidigt euch! Geschütz ist aufgepflanzt,
Eu'r Friede wird bedroht, man will euch haschen,
Durch Liebesargument' euch überraschen:
Nun mustert euern Witz in Reih' und Glied;
Wo nicht, verhüllt euch feig das Haupt und flieht!
PRINZESSIN: Sankt Amor wider Sankt Denys im Bunde?
Wer stürmt uns denn mit Seufzern? Spion, gib Kunde!
BOYET: Im kühlen Schatten, unter Feigenbäumen,
Wollt' ich ein halbes Stündchen schlummernd träumen,

Als, sieh! zu stören die ersehnte Ruh',
Gewandelt kam grad' auf den Schatten zu
Der König und sein Anhang. Ich sogleich
Verbarg mich in ein nachbarlich Gesträuch;
Und jetzt vernehmt, was ich daselbst vernommen:
Sie werden gleich verkleidet zu euch kommen.
Ihr Herold ist ein hübscher Schelm von Knaben,
Dem sie die Botschaft eingetrichtert haben;
Sie ließen ihn Akzent und Ton studieren:
»So mußt du reden! So den Arm regieren!«
Doch gleich im Augenblick die Furcht erwächst,
Der Hoheit Anblick bring' ihn aus dem Text:
»Denn«, spricht der Fürst, »du wirst 'nen Engel schaun,
Doch fürchte nichts, sprich kühnlich mit Vertraun.«
Der Junge ruft: »Das macht mir keinen Zweifel,
Ich hätte mich gefürchtet, wär's ein Teufel.«
Ein jeder klopft die Schulter ihm und lacht,
Was dreister noch den dreisten Buben macht.
Der rieb den Arm sich so und grinst' und schwur,
So artig sprach noch keine Kreatur;
Der, mit dem Daum und Finger schnalzend, rief:
»Frisch durch den Strom! und wär' er noch so tief!«
Der Dritte tanzt' und sprach: »Gewonnen Spiel!«
Der Vierte dreht' sich auf der Fers' und fiel;
Und somit taumeln alle hin ins Gras,
So tief und stürmisch lachend ohne Maß,
Daß, läppisch in des Lachens Krampf, mit Weinen
Torheit zu schelten ernste Tränen scheinen.

PRINZESSIN: Im Ernst? Im Ernst? So kommen sie heran?

BOYET: Jawohl! Jawohl! Und stattlich angetan
Als Moskowiten oder Russen; dann
Wird man beteuern, schmeicheln, tanzen, schwören,
Und jeder seine Liebesglut erklären
Der eignen Dame, die er leicht erkannt
Am eignen Schmuck, den er an sie gesandt.

PRINZESSIN:
So leicht, ihr Herrn? Das möchte noch sich fragen:
Denn, Kinder, Masken laßt uns alle tragen
Und keinem der verliebten Schar vergönnen,
Das Antlitz seiner Schönen zu erkennen.
Wart', Rosaline, nimm mein Kleinod hier,
Dann schwört der Fürst als seiner Liebsten dir.
Dich, Freundin, schmücke meins, und mich das deine,
Daß ich Biron als Rosalin' erscheine.
Und ihr auch tauscht die Zeichen; falsch belehrt
Irrt jeder Paladin und wirbt verkehrt.

ROSALINE: Nun gut; tragt eure Pfänder recht zur Schau!

KATHARINE:
Allein, wozu der Tausch, zu welchem Zweck? –

PRINZESSIN:
Der Zweck des Plans ist, ihren Plan zu stören.
Sie spotten unser nur, die Freier keck,
Und Spott für Spott, das ist allein mein Zweck.
Hat jeder heut sein Herz der falschen Göttin
Recht insgeheim enthüllt, so trifft Gespött ihn,
Wenn wir das nächste Mal uns wiedersehn
Und unverlarvt uns gegenüberstehn.

ROSALINE: Wenn sie zum Tanz uns fodern, weigerst du's? –

PRINZESSIN: Um's Himmels willen, rührt mir keinen Fuß!
Auch auf die schwülst'gen Verse gebt nicht acht,
Und während man sie spricht, seht weg und lacht!
BOYET: Solche Verachtung bringt den Redner um,
Raubt das Gedächtnis ihm und macht ihn stumm.
PRINZESSIN: Drum tu' ich's auch; kam einer erst heraus,
Der andern Weisheit, hoff' ich, bleibt zu Haus.
Das nenn' ich Spaß, wenn Spaß den Spaß vertreibt.
Der ihre weicht, das Feld dem unsern bleibt;
So triumphieren wir, sie müssen fliehn
Und wohl verspottet ihres Weges ziehn.

*Trompeten.*

BOYET: Musik! Verlarvt euch, die Verlarvten nah'n,

*Die Damen maskieren sich.*
*Es treten Mohren auf mit Musik. Hierauf der König, Biron, Longaville und Dumain, als Moskowiter verkleidet; Motte, Musikanten und Gefolge.*

MOTTE: Heil euch, ihr Schönheitreichsten dieser Erde!
BIRON: Schönheiten, reicher nicht als reicher Taft!
MOTTE: O heiligster Verein holdsel'ger Damen,

*Die Damen drehen ihm den Rücken zu.*

Der je die Rücken wandt' auf Männeraugen, –
BIRON: Die Blicke, Bursch, die Blicke!
MOTTE: Der je die Blicke wandt' auf Männeraugen, –
Aus …
BOYET: Aus ist es, allerdings.

MOTTE: Aus eurer Gnadenfülle gönnt, ihr Engel,
Nicht anzuschaun, –
BIRON: Uns anzuschaun, du Schlingel!
MOTTE: Uns anzuschaun mit Augen glanzumfunkelt, –
BOYET: Ihr habt das Epithet nicht gut gewählt;
Ich rat' Euch, nennt es »Augen ganz umdunkelt«.
MOTTE: Sie hören nicht, das bringt mich ganz heraus!
BIRON: Das nennst du Zuversicht? Geh fort, du Knirps!
PRINZESSIN: Was wünschen diese Fremde? Fragt, Boyet:
Wenn unsre Sprache sie verstehn, so laßt sie
Mit schlichtem Wort vortragen ihr Gesuch:
Fragt, was man will!
BOYET: Was sucht ihr bei der Fürstin?
BIRON: Nur ihren Gruß und gnädigen Empfang.
ROSALINE: Was fodern sie?
BOYET: Nur Euern Gruß und gnädigen Empfang.
ROSALINE: Ei nun, den haben sie, so heißt sie gehn!
BOYET: Sie sagt, den habt ihr, könnt nun wieder gehn.
KÖNIG: Sag ihr, wir maßen vieler Meilen Raum,
'nen Tanz mit ihr auf diesem Gras zu messen.
BOYET: Er sagt, sie maßen vieler Meilen Raum,
'nen Tanz mit Euch auf diesem Gras zu messen.
ROSALINE: Ei nicht doch! Fragt, wie viele Zoll sie rechnen
Auf jede Meile? Wenn sie viele maßen,
So ist das Maß von einer bald gesagt.
BOYET: Durchmaßt ihr Meilen, um hieher zu kommen,
Und viele Meilen, fragt die Fürstin euch:
Wie viele Zoll in einer Meil' enthalten?
BIRON: Sagt ihr, wir maßen sie mit müden Schritten.

BOYET: Sie hört euch selbst.
ROSALINE: Und wie viel müde Schritte
Von all den müden Meilen, die ihr gingt,
Habt ihr gezählt im Wandern einer Meile?
BIRON: Wir zählen nichts, das wir für Euch verwenden.
So reich ist unsre Pflicht, so unbegrenzt,
Daß wir Beschwer niemals in Rechnung stellen.
Begnadigt uns mit Eurem Sonnenantlitz,
Daß wir, gleich Wilden, ihm Anbetung zollen.
ROSALINE: Mein Antlitz ist nur Mond, den Wolken decken.
KÖNIG: Glücksel'ge Wolken! Reizendes Verstecken! –
So woll', o Glanzmond, samt den Sternen scheinen
(Und wolkenfrei) auf unsrer Augen Weinen!
ROSALINE: O mattes Bitten! War ein Wunsch je blasser?
Du flehst um etwas Mondenschein im Wasser.
KÖNIG: Mögt Ihr ein Auf- und Niedergehn uns schenken
Für unsern Tanz? Der Wunsch kann Euch nicht kränken.
ROSALINE: So spiele denn, Musik! Auf, eilt euch, munter: –
Nein, still, kein Tanz mehr, denn der Mond ging unter.
KÖNIG: Nun, tanzt Ihr nicht? Was hat Euch so verletzt?
ROSALINE: Erst war ich Vollmond, letztes Viertel jetzt.
KÖNIG: Doch immer Ihr der Mond und ich der Mann:
Noch tönt die Melodie, laß dich bewegen! –
ROSALINE: Sie rührt mein Ohr! –
KÖNIG: Laß auch den Fuß sich regen!
ROSALINE:
Reicht uns die Hand: mit Fremden dünkt uns Pflicht,
Nicht allzu spröde sein. – Wir tanzen nicht.
KÖNIG: Und gebt die Hand?

ROSALINE: Als Abschiedsgunstbezeugung.
Der Tanz ist aus, nun macht die Schlußverbeugung!
KÖNIG: Nur noch zwei Takte, schließen wir den Kreis! –
ROSALINE:
Nein, mehr bekommt Ihr nicht um diesen Preis.
KÖNIG: Nennt selbst ihn: welcher Preis kauft Euer Bleiben?
ROSALINE: Eu'r Weggehn.
KÖNIG: Nein, der ist nicht aufzutreiben!
ROSALINE:
Dann kauft Ihr nichts. Viel Grüß', ihr fremden Schwalben:
An Eure Masken zwei, Euch selbst 'nen halben.
KÖNIG: Wollt Ihr nicht tanzen, plaudern wir so mehr.
ROSALINE: Dann insgeheim.
KÖNIG: Das grade freut mich sehr.

*Sie gehn vorüber und reden leise.*

BIRON: Weißhändig Kind, ein süßes Wort mit dir! –
PRINZESSIN: Milch, Honig, Zucker, Feigen, das sind vier.
BIRON: Zum Naschen hab' ich Met, Sekt, Malvoisier:
Die drei im Trumpf gespielt sticht Eure vier.
PRINZESSIN: So will ich nicht auf As und König warten:
Ich trau' Euch nicht, Ihr spielt mit falschen Karten.
BIRON: Ein Wort geheim!
PRINZESSIN: Kein süßes!
BIRON: Ein betrübtes.
PRINZESSIN: Das ist zu bitter.
BIRON: Nun, ich denk', Ihr liebt es.

*Sie gehn vorüber.*

DUMAIN: Laßt Euch erbitten! Wechseln wir ein Wort! –
MARIA: Nennt's!
DUMAIN: Schöne Lady!
MARIA: Wirklich? Schöner Lord,
Das für die schöne Lady.
DUMAIN: Gönnt dem Flehn
Nur eins noch insgeheim, dann will ich gehn.

*Sie gehn vorüber.*

KATHARINE:
Habt Ihr 'ne Mask' und gingt der Zunge quitt?
LONGAVILLE:
Ich weiß, mein Fräulein, Eurer Frage Grund.
KATHARINE: O schnell, ich bin begierig, teilt ihn mit! –
LONGAVILLE:
Zwei Zungen, schönes Kind, führt Ihr im Mund:
Zeig' ich Euch wo, laßt mir den Vorrat halb!
KATHARINE:
Sprecht Ihr von »wo«? In Frankreich heißt's ein Kalb.
LONGAVILLE: Ein Kalb heißt Lady?
KATHARINE: Nein, ein Mylord Kalb.
LONGAVILLE: Wir teilen uns das Wort.
KATHARINE: O nein, nichts halb! –
Es bleibt Euch, tränkt's und zieht's als Ochsen groß!
LONGAVILLE:
Der Spott gab selber Euch den schlimmsten Stoß:
Ihr weissagt Hörner, Fräulein? Ist das ehrlich? –
KATHARINE:
So sterbt als Kalb, dünkt Euch der Schmuck gefährlich.

LONGAVILLE:
Doch eh' ich sterb', ein Wort mit Euch allein!
KATHARINE:
Blökt nicht zu laut, der Metzger hört Euch schrein.

*Sie gehn vorüber.*

BOYET: Schalkhafter Mädchen Zunge kann zerschneiden,
Wie allerfeinst geschliffner Messer Klingen,
Das kleinste Haar, das kaum zu unterscheiden;
Den tiefsten Sinn des Sinns geschickt durchdringen;
Auf Flügeln stürmt ihr Witz durch alle Schranken,
Schneller als Kugeln, Sturmwind, Blitz, Gedanken.
ROSALINE:
Kein Wort mehr, Kinder! Schon verstrich die Zeit.
BIRON: So ziehn wir ab, von Spott und Hohn zerbläut! –
KÖNIG: Kommt! Wer euch naht, einfält'ge Kinder sieht er.
PRINZESSIN: Zwanzig Adieus, ihr frost'gen Moskowiter! –

*Der König und die Lords gehn ab.*

PRINZESSIN: Ist das der Witzbund, den die Welt so preist?
BOYET: Kerzen sind sie, und Ihr bliest aus ihr Licht.
ROSALINE: Ins Auge fällt ihr Witz, grob, derb und feist.
PRINZESSIN: O schwacher Witz! Königlich armer Wicht! –
Ich fürchte, daß er noch vor Nacht sich hänge,
Nie ohne Maske darf er mehr erscheinen.
Biron, dem Dreisten, rissen alle Stränge!
ROSALINE: Sie waren sämtlich nahe dran, zu weinen.
Der König hätt' in Ohnmacht bald gelegen.
PRINZESSIN: Biron kam fast vor heft'gem Schwören um.

MARIA: Dumain bot sich zum Dienst und seinen Degen;
Non, sagt' ich, point: gleich war mein Diener stumm.
KATHARINE:
Longaville sprach, sein Herz halt' ich gepreßt, –
Ich sei, was meint Ihr?
PRINZESSIN: Ein Polyp im Herzen?
KATHARINE: Wahrhaftig, ja!
PRINZESSIN: Geh, schlimmer du als Pest!
ROSALINE: Traun! simple Bürger hört' ich besser scherzen.
Doch denkt, mir hat der König Treu' geschworen.
PRINZESSIN:
Und Birons Geist hat nur für mich noch Raum.
KATHARINE:
Lord Longaville ward nur für mich geboren.
MARIA: An mir hält Dumain fest, wie Rind' am Baum.
BOYET: Fürstin und holde Dämchen, glaubt es mir,
Nicht lange währt's, so sind sie wieder hier,
In eigner Form: Ihr mögt mir fest vertraun,
Sie werden nicht so herben Spott verdaun.
PRINZESSIN: Sie wiederkommen?
BOYET: Ja, mit Freudensprüngen,
Wie lahm gebläut sie auch von dannen gingen;
Drum, die Geschenke tauscht, und kommen sie,
Erblüht wie Rosen in des Sommers Früh'.
PRINZESSIN:
Wie, blühn? Sprich deutlich, ohne diese Possen!
BOYET: Maskierte Frau'n sind Rosen unerschlossen,
Doch ohne Maske gleich Damaskus' Rosen,
Entwölkte Engel, die mit Blüten kosen.

PRINZESSIN: Fort mit dir, Unverstand! Was soll geschehn,
Wenn wir sie ohne Masken wiedersehn?
ROSALINE: Folgt meinem Rat, o Fürstin und ihr Schönen,
Laßt uns erkannt, wie unerkannt, sie höhnen:
Wir klagen, welch ein Spuk uns heimgesucht,
Den Moskowiter albern hier versucht;
Fremd tun wir, fragen, wer die Narr'n gewesen,
Die all den schalen Wortkram auserlesen,
So schlechten Prologus, so garst'ge Tracht
Als Fastnachtspiel vor unser Zelt gebracht.
BOYET: Fräulein beiseit, der Feind ist in der Nähe.
PRINZESSIN: Husch, eilt ins Zelt, wie aufgescheuchte Rehe!

*Die Damen gehn ab.*
*Es treten auf der König, Biron, Longaville und Dumain in ihrer eignen Tracht.*

KÖNIG: Gott grüß' Euch, schöner Herr! Wo ist die Fürstin?
BOYET: In ihrem Zelt. Gefällt's Eu'r Majestät,
Mir Euern Auftrag gnädig zu vertraun?
KÖNIG: Ersucht sie um Gehör nur auf ein Wort!
BOYET: Das tu' ich; und auch sie wird's tun, Mylord.

*Er geht hinein.*

BIRON: Der gute Freund pickt Witz, wie Tauben Spelt,
Und gibt ihn von sich, wie es Gott gefällt.
Er ist ein Witzhausierer, kramt ihn aus
Auf Kirmes, Jahrmarkt, Erntebier und Schmaus;
Und uns Großhändlern will es nicht gelingen,
Die Ware so geschickt in Kurs zu bringen.

Die Mädel kann er an den Ärmel schnüren,
Als Adam würd' er Eva selbst verführen;
Er schneidet vor, er lispelt, tut galant;
Er war's, der fast sich weggeküßt die Hand;
Er, aller Moden Affe, Prinz Manierlich,
Wenn er im Brettspiel würfelt, flucht er zierlich
Mit feinster Auswahl; ja er singt Tenor
Im Chor mit Glück; und stellt er jemand vor,
Das tu' ihm einer nach! Er heißt »der Süße«;
Die Trepp', ersteigt er sie, küßt ihm die Füße;
Er lächelt, wie das Blümchen, jeden an
Und zeigt geschickt den elfnen, weißen Zahn;
Wer ihn vergaß, nennt noch im Todesbett
Ihn mind'stens »honigzüngiger Boyet«.

KÖNIG: Auf seine Honigzung' ein Dutzend Blattern! –
Armados Pagen stört' allein sein Schnattern! –

*Die Prinzessin, Rosaline, Maria, Katharine,*
*Boyet und Gefolge treten auf.*

BIRON: Da kommt er. Courtoisie, was war dein Tun,
Eh' dieser Mensch dich annahm? Und was nun?

KÖNIG: Holdsel'ge Fürstin, Heil und Segen viel!

PRINZESSIN:
Fiel Heil und Segen? – konnten sie nicht stehn? –

KÖNIG: Lenkt nicht mein Reden ab von seinem Ziel! –

PRINZESSIN:
So wünscht geschickter; gern lass' ich's geschehn.

KÖNIG: Wir kommen zum Besuch und sind bereit,
Euch einzuführen in der Hofburg Hallen.

PRINZESSIN: Ich bleib' im Zelte, bleibt auch Ihr im Eid:
  Am Treubruch hat nicht Gott noch ich Gefallen.
KÖNIG: Laßt nicht, was Ihr verschuldet, mich entgelten:
  Die Tugend Eures Aug's bricht meinen Schwur.
PRINZESSIN:
  Nennt's Tugend nicht! Das Laster müßt Ihr schelten,
  Denn Treu' und Eide bricht das Laster nur,
  Vernehmt, bei meiner Jungfrau'nehre, rein
  Wie fleckenlose Lilienblüten, schwör' ich,
  Und sollt' ich dulden alle Qual und Pein:
  Nie Eures Hauses Gast zu sein gewähr' ich,
  So sehr empört mich's, brecht Ihr jenen Eid,
  Den Ihr dem Himmel lautern Sinns geweiht.
KÖNIG: Wie in der öden Wüste wohnt Ihr hier,
  Einsam, verlassen, sehr zu unsrer Schmach.
PRINZESSIN: Dem ist nicht so, mein König, glaubt es mir:
  Anmut'ger Scherz und Kurzweil folgt uns nach;
  Noch eben sahn wir edle Russen vier.
KÖNIG: Wie, Fürstin, Russen? –
PRINZESSIN: Allerdings, Mylord;
  Schmuck und galant, voll Anstand und Manier.
ROSALINE:
  Sprecht wahr, Prinzessin; 's ist nicht so, Mylord;
  Die Fürstin, nach dem Modeton der Zeit,
  Lobt über die Gebühr aus Höflichkeit.
  Uns vier, mein Fürst, besucht' ein Viergespann
  Von Russen; wohl ein Stündchen hört' ich's an;
  Man sprach gar viel und schnell, und in der Stunde
  Kam nicht *ein* kluges Wort aus ihrem Munde.

Ich will sie Narr'n nicht nennen; doch das weiß ich,
Sind sie beim Glas, so zechen Narren fleißig.

BIRON:
Der Spaß bedünkt mich trocken. – Schönste Frau'n,
Eu'r Witz macht Weisheit schal: denn wenn wir schaun
Der Sonne Glut mit Augen noch so hell,
Wird Licht uns Nacht; so scharf, so fein und schnell
Sprüht euer Geist, daß seiner Blitze Flammen
Weisheit als schal, Reichtum als arm verdammen.

ROSALINE:
Dann seid Ihr weis' und reich; denn seh' ich recht, –

BIRON: Bin ich ein Narr, ein ganz armsel'ger Knecht.

ROSALINE:
Ihr nahmt, was Euer nur, sonst würd' ich schmälen;
Ist's recht, das Wort vom Mund uns wegzustehlen? –

BIRON: Oh, ich bin Eu'r, samt allem, was ich habe.

ROSALINE: Der ganze Narr? –

BIRON: Wollt Ihr noch größre Gabe?

ROSALINE: Sagt, welche Maske war's, die Ihr geborgt? –

BIRON: Wo? Welche? Wann? Wozu die Frag' an mich?

ROSALINE: Dort; jene; dann; der müß'ge Überbau,
Der Schlechtes barg und Beßres trug zur Schau.

KÖNIG: Wir sind durchschaut, sie spotten uns zu Tode.

DUMAIN:
Gestehn wir's nur und wenden's noch zum Scherz! –

PRINZESSIN:
Ihr seid bestürzt? Ist Euch nicht wohl, mein König? –

ROSALINE: O reibt die Schläfen ihm! Wie seht Ihr blaß! –
Seekrank vielleicht, da Ihr von Moskau schifftet? –

BIRON: Die Straf' hat unser Meineid uns gestiftet!
Das kann nur tragen eine Stirn von Erz! –
Hier steh' ich: wirf den Pfeil, mit Spott vergiftet;
Mit Hohn zermalmend töte mich dein Scherz;
Dein mächt'ger Geist zertrümmre mich in Scherben,
Mein Stumpfsinn sei durchbohrt von deinem Schwert!
Ich werde nie als Russe um dich werben,
Nie wieder sei ein Tanz von dir begehrt;
Nie auf geschriebne Reden mehr vertrau' ich,
Noch auf Geplapper knabenhafter Zungen;
Nie mehr verlarvt auf schöne Frauen schau' ich,
Noch fleh' in Reimen, wie sie Blinde sungen.
Fort, tafftne Phrasen, Klingklang schwacher Dichter,
Hyperbeln, superfein, geziert und schwirrend,
Fort, seidner Bombast, Schmetterlingsgelichter,
Das Grillen mir gebrütet, sinnverwirrend:
Euch meid' ich; bei dem Handschuh hier, dem weißen,
(Wie weiß die Hand sein mag, weiß Gott allein!):
Künftig sei schlicht mein Werben und Verheißen;
Nimm, Grete, dann den Hans, der brav und jung,
Mit hausgebacknem Ja und derbem Nein;
Sein Herz ist fest und senza Riß und Sprung.
ROSALINE: Kein senza bitt' ich.
BIRON: Ei, noch hab' ich Hang
Zur alten Wut; ertragt mich, ich bin krank;
Nur allgemach kommt Beßrung. Wie's auch sei,
Schreibt, »Herr, von Pest erlös' uns« auf die drei,
Denn sie sind angesteckt; sie mußten saugen
Das böse Gift aus euern schönen Augen.

Die Ritter traf's, euch wird es auch erreichen;
Tragt ihr nicht schon verhängnisvoll die Zeichen? –
PRINZESSIN: Nein, frei sind, die die Zeichen uns beschert!
BIRON: Wir sind verurteilt, konfisziert, zerstört.
ROSALINE: Da seht, wohin ein bös Gewissen führt! –
Ihr klagt, und nennt euch jetzt schon kondemniert? –
BIRON: O traut ihr nicht, sie wird durch nichts gerührt! –
ROSALINE:
Wollt Ihr, daß ich die Rührung so verschwende? –
BIRON: Sprich immerzu, mein Scharfsinn ging zu Ende.
KÖNIG: Lehrt, holde Jungfrau, wie solch schwer Vergehn
Entschuldigt sei?
PRINZESSIN: Am schönsten durch Gestehn.
Wart Ihr nicht eben hier in fremder Tracht? –
KÖNIG: Ja, Fürstin.
PRINZESSIN: Und Ihr kamt mit Vorbedacht? –
KÖNIG: Ja, schöne Herrin.
PRINZESSIN: Nun dann, ohne Scheu,
Was schwurt Ihr Eurer Dame? Sagt es frei!
KÖNIG: Daß nichts auf Erden meiner Liebe gliche!
PRINZESSIN:
Und glaubt sie's Euch, so laßt Ihr sie im Stiche.
KÖNIG: Auf meine Ehre, nein.
PRINZESSIN: Still, nur kein Schwören,
Meineid'ge können nicht durch Eid betören.
KÖNIG:
Brech' ich den Schwur, straft mich, wie ich's verdiene!
PRINZESSIN: Das will ich, drum bewahrt ihn: – Rosaline,
Was flüsterte der Russe dir ins Ohr? –

Rosaline: Er sagte mir viel süße Dinge vor,
Wie er mich höher schätz' als alle Welt,
Als Aug' und Licht; und schloß, ein treuer Werber,
Verschmäht' ich ihn, dann als mein Ritter sterb' er.
Prinzessin:
Gott schenk' dir Glück mit ihm; der edle Lord,
Recht königlich behauptet er sein Wort.
König: Wie meint Ihr das? Auf Ehr' und Redlichkeit,
Nie schwur ich dieser Dame solchen Eid.
Rosaline:
Gewiß, Ihr schwurt; Ihr schient so fromm und bieder
Und schenktet mir dies Pfand; hier habt Ihr's wieder!
König: Der Fürstin bot ich Treu' und Unterpfand,
Ich hatt' am Ärmelgoldreif sie erkannt.
Prinzessin: Verzeiht, sie trug die Diamantenschnur,
Und mein ist Herr Biron, dank seinem Schwur.
Wollt Ihr mich selbst? Wollt Ihr die Perlenbinde?
Biron: Von beiden keins, fahr' hin mit günst'gem Winde! –
Nun wird mir's klar, Ihr hattet ausgeheckt,
Nachdem man Euch verriet, was wir versteckt,
Uns auszupfeifen wie 'nen Christnachtschwank.
Ein Klatschheld nun, ein Geck, ein Saltimbank,
Ein Tellerjunker, Witzbold, Scharlatan,
Ein Harlekin, ein schneid'ger Gliedermann,
Der sein Gesicht in Falten alt gelächelt,
Der, wenn sie winkt, der gnäd'gen Dame fächelt
Und jede lust'ge Frau zu lachen macht,
Er lauscht' es ab und hat es ausgebracht.
Die Damen tauschten die Geschenk', und wir,

Getäuscht vom Zeichen, huldigten der Zier.
Nun schreckt uns neuen Meineids grause Irrung,
Vorsätzlich erst, und diesmal durch Verwirrung.
Wer uns den Spaß verdarb, Ihr wart's allein,
Der uns verführt, noch einmal falsch zu sein.
Ihr seid der Schönen ew'ger Blumenstreuer,
Meßt ihren Fuß, singt ihrer Augen Stern,
Steht zwischen ihrem Stuhl, Herr, und dem Feuer,
Reicht Teller hin, spaßt übermäßig gern;
Noch immer grinst Ihr? Eures Auges Schielen
Trifft wie ein bleiern Schwert! –

BOYET: O muntres Zielen!
Wie brav er rannt', auf Hieb und Stoß gewärtig! –

BIRON: Gleich sprengt er wieder an; halt! Ich bin fertig,

*Schädel kommt.*

Geht, Hofnarr! Wer, als Ihr, stört' unsern Knaben?
Geht! Laßt im Weiberhemd Euch einst begraben! –
Ha, echter Witz! Du trennst ein hübsches Stechen! –

SCHÄDEL: O jemine, Herr, gebt uns Bericht,
Solln die drei Helden kommen oder nicht? –

BIRON: Sind's denn nur drei?

SCHÄDEL: Nein, Herr, es steht gar fein,
Denn jede Perschon macht drei.

BIRON: Und drei mal drei macht neun.

SCHÄDEL: Nicht so, Herr, ich hoffe, es ist nicht so. Ihr könnt uns nicht übertölpeln, das versichere ich Euch, Herr; wir wissen auch, was wir wissen. Ich hoffe doch, Herr, drei mal drei …

BIRON: Ist nicht neun?

SCHÄDEL: Mit Vergunst, Herr, wir wissen schon, wie viel es austrägt.

BIRON: Beim Jupiter! Ich habe immer gemeint, drei mal drei mache neun.

SCHÄDEL: Ach je! – Da wär's ein Jammer, wenn Ihr Euer Brot mit Rechnen verdienen müßtet, Herr!

BIRON: Wie viel ist's denn?

SCHÄDEL: Ei Herrje, die Parten selbst, die Spielperschonen, die werden's Euch gleich weisen, was es austrägt. Ich für meinen Part soll, wie sie sagen, nur eine Perschon verspielen, nur eine arme Perschon; Pumpelmus den Großen, Herr.

BIRON: Bist du einer von den Helden?

SCHÄDEL: Sie haben sich's ausgedacht, ich wäre der rechte Held für Pumpelmus den Großen; was nun meine Perschon betrifft, so kenne ich das Gewicht dieses Helden nicht so recht; aber es ist meine Sache, mich für ihn zu stellen.

BIRON: Gut, fangt nur immer an!

SCHÄDEL: Gebt acht, wir machen's schmuck, setzen allen Fleiß daran. *Ab.*

KÖNIG: Biron, wir müssen uns schämen: geh, laß sie nicht herein!

BIRON:

Mit dem Schämen ist's abgetan, und Schaden bringt es nie,
Wenn's schlechter gerät, als wir's gemacht, des Königs Kompagnie.

KÖNIG: Ich sage, laßt sie weg! –

PRINZESSIN:
Laßt mich, mein König, meistern dies Geheiß;
Spaß dünkt erst hübsch, wenn er um sich nicht weiß,
Wenn Eifer ringt nach Gunst, und Kunst erstirbt
In jenem Eifer, der so tätig wirbt.
Verfehlte Form wird Form für neuen Spaß,
Man lacht des Bergs, der einer Maus genas.

BIRON: Ein treulich Bild von unserm Spiel, o Herr! –

*Armado tritt auf.*

ARMADO: Gesalbter, ich flehe um so viel Aufwand deines königlichen geliebten Atems, als erforderlich ist für ein paar Worte. *Er spricht heimlich mit dem König.*

PRINZESSIN: Dient dieser Mann Gott?

BIRON: Warum fragt Ihr das?

PRINZESSIN: Er spricht nicht wie ein Mann, den Gott erschaffen hat.

ARMADO: Das ist alles eins, mein holder, süßer Honigmonarch; denn ich beteure, der Schulmeister ist übertrieben phantastisch, ja, zu eitel, zu, zu eitel. Aber stellen wir die Sache, wie man zu sagen pflegt, auf fortuna della guerra. – Ich wünsche dir den Frieden des Gemüts, allerköniglichster Seelenverein! –

KÖNIG: Das wird ein treffliches Heldenspiel werden; er agiert den Hektor von Troja, der Schäfer Pompejus den Großen, der Dorfpfarrer Alexandern, Armados Page den Herkules, und der Schulmeister den Judas Makkabäus. Und bringt der erste Akt den vier Helden keinen Schimpf, so wechseln sie die Tracht und spielen die andern fünf.

BIRON: Fünf werden sogleich erscheinen.
KÖNIG: Da irrt Ihr, sollt' ich meinen.
BIRON: Der Schulmeister, der Eisenfresser, der Zaunpriester, der Tölpel und der Junge:
Ein Cinquenwurf im Novum! und bis zum Jüngsten Tag
Find't keiner fünf dergleichen, vom echt'sten Heldenschlag.
KÖNIG:
Da segelt ihr Schiff heran, wie man's nur wünschen mag.

*Schauspiel der neun Helden*

*Schädel tritt auf als Pompejus.*

SCHÄDEL: Pompejus ich –
BIRON: Du lügst, du warst es nie.
SCHÄDEL: Pompejus ich –
BOYET: Mit Pardelkopf am Knie.
BIRON: Brav, alter Schalk, mit dir muß ich Freund werden.
SCHÄDEL:
Pompejus ich, Pompejus ich, benamt der dicke Held –
DUMM: Der Große.
SCHÄDEL: Richtig! Groß! – benamt der große Held,
Der oftmals wild mit Tartsch' und Schild die Feinde schlug im Feld:
Ich fuhr daher auf offnem Meer, bis wir gelandet sind,
Und leg' den Speer vor die Füße quer dem fränk'schen Königskind.
Wenn Eure Hochgeborenheit jetzt spräche: Dank, Pompejus, so wär' ich zu Ende.

Prinzessin: Großen Dank, großer Pompejus.

Schädel: So viel ist's nicht wert; aber ich will hoffen, ich war perfekt, einen kleinen Fehler macht' ich bei dem Großen.

Biron: Meinen Hut gegen einen Sechser, Pompejus liefert uns den besten Helden.

*Nathanael kommt als Alexander.*

Nathanael:
Ich tät als Weltregent das Weltrevier durchwandern,
Durch Ost, West, Nord und Süd zog ich mit Heeresmacht;
Mein gutes Wappenschild nennt laut mich Alexandern, –

Boyet: Eure Nase da spricht nein, sie steht zu grad' im G'sicht.

Biron: Eure Nase da riecht nein, mein gar feinriechender Wicht.

Prinzessin:
Der Weltregent erschrickt; o stört ihn nicht, ihr andern!

Nathanael:
Ich tät als Weltregent das Weltrevier durchwandern! –

Boyet: Sehr wahr, das tatst du, stolzer Alexander.

Biron: Großer Pompejus! –

Schädel: Euer Knecht und Schädel.

Biron: Weg da mit dem Weltregenten, schafft mir den Alexander weg!

Schädel: O Herr, Ihr habt Alexandern, den Weltregenten, über den Haufen geworfen! – *Zu Sir Nathanael.* Euch wird man wegen der Geschichte aus Euerm bunten Rock herausschälen. Euern Löwen, der mit der Hellebarde in der Pfote auf dem Nachtstuhl sitzt, wird man dem Cacamillus geben, und der wird dann der neunte Held sein. Ein Eroberer, der sich fürchtet zu sprechen! – Pfui, [lauft,] Alexander!

*Nathanael ab.*

's ist, mit Euer Gnaden Wohlmeinen, ein närrischer, weichherziger Mann, – ein ehrlicher Mann, seht Ihr, und gleich aus der Verfassung. Es ist so ein gutes Gemüt von Nachbarn und ein so wackrer Kegelschieber; aber was den Alexander betrifft, lieber Gott, da seht Ihr, da ist's freilich so was, da kommt er zu kurz. Aber jetzt kommen Helden, die werden ganz anders von der Leber weg reden.

Biron: Tritt beiseit, würdiger Pompejus!

*Holofernes als Judas und Motte als Herkules treten auf.*

Holofernes: Den großen Herkules spielt dieser Knirps,
Der Cerb'rus tot schlug, den dreiköpf'gen canis.
Der schon als Säugling, als ein kleiner Stirps,
Die Schlangen hat erstickt in seiner manus.
Quoniam er kommt noch minorenn allhie,
Ergo verfaßt' ich dies' Apologie.
*Zu Motte.* Gib Ansehn dir beim exit und verschwinde!

*Motte ab.*

Holofernes: Judas bin ich –
Dumain: Ein Judas! –
Holofernes: Nicht Ischariot, Herr! –
Judas bin ich, benamset Makkabäus.

DUMAIN: Wamst man den Makkabäus, trifft's den Judas.

BIRON: Ein küssender Verräter! Wie wardst du zum Judas?

HOLOFERNES: Judas bin ich –

DUMAIN: Ei, so schäme dich doch, Judas! –

HOLOFERNES: Wie meint Ihr, Herr?

BOYET: Der Judas soll hingehn und sich hängen!

HOLOFERNES: So geht mir mit dem Beispiel voran, mein Holder!

BIRON: Allerdings, es war ein Holderbaum, an dem sich Judas aufhing.

HOLOFERNES: Ihr werdet diesen meinen Kopf nicht aus der Fassung bringen!

BIRON: Wenn man's recht faßt, hast du gar keinen Kopf.

HOLOFERNES: Was wäre denn dieses?

BOYET: Ein Lautenkopf!

DUMAIN: Ein Nadelkopf.

BIRON: Ein Totenkopf auf einem Ringe!

LONGAVILLE: Der Kopf einer alten Gemme, kaum zu erkennen!

BOYET: Der Knopf von Cäsars Degen.

DUMAIN: Der geschnitzte Pfropf an einem Pulverhorn.

BIRON: Sankt Georgs Halbgesicht auf einer Schaumünze.

DUMAIN: Ja, auf einer bleiernen Schaumünze.

BIRON: Ja, wie ein Zahnarzt sie an der Kappe trägt; – und nun sprich weiter, denn wir haben dir den Kopf gewaschen.

HOLOFERNES: Ihr habt ihn mir ganz verdreht!

BIRON: Wir haben ihn dir zurecht gesetzt.

HOLOFERNES: Und habt ihn selber schon so oft verloren.

Biron: Und wenn du ein Löwe wärst, so hätten wir dich geschoren,

Boyet: Drum, weil du ein Köter bist, muß man dir Esel bohren;
Und so gehab' dich wohl, du Narr, und trolle dich stracks;
Rotbärtiger Fuchs, krummbeiniger Dachs, Juddachs, halb Jude, halb Dachs!

Holofernes: Das ist nicht säuberlich, nicht artlich, noch großmutig!

Boyet: Ein Licht für den Monsieur Judas, sonst stößt er den Kopf sich blutig! –

*Holofernes ab.*

Prinzessin: Ach, armer Makkabäus, wie hat man dich gehetzt!

*Armado tritt auf als Hektor.*

Biron: Verbirg dein Haupt, Achilles; hier erscheint Hektor in Waffen.

Dumain: Und wenn mein Spott mich auch selbst treffen sollte, ich will doch jetzt lustig sein.

König: Hektor war nur ein Trojaner gegen diesen!

Boyet: Ist das wirklich Hektor?

Dumain: Ich denke, Hektor war nicht so dünn gezimmert.

Longaville: Hatte Hektor solche Waden? –

Dumain: Waden, beim Himmel, wie Faden! –

Boyet: Nein, am schönsten sind seine Dünnbeine.

Biron: Unmöglich kann dies Hektor sein.

Dumain: Er ist ein Gott oder ein Maler, denn er macht Gesichter.

ARMADO:
Der speergewalt'ge Mars, im Kampf unüberwindlich,
Gab Hektorn ein Geschenk, –

DUMAIN: Eine vergoldete Muskatnuß! –

BIRON: Eine Zitrone!

LONGAVILLE: Mit Näglein durchsteckt.

ARMADO: Still! –
Der speergewalt'ge Mars, im Kampf unüberwindlich,
Gab Hektorn ein Geschenk, Burgherrn von Ilion.
Der mut'ge Held fürwahr focht jeden Tag zwölfstündlich
Vom Morgen bis zur Nacht vor seinem Pavilion.
Die Blume nun bin ich, –

DUMAIN: Das Unkraut.

LONGAVILLE: Das Gänseblümchen.

ARMADO: Süßer Lord Longaville, zügelt Eure Zunge!

LONGAVILLE: Ich muß ihr vielmehr den Zügel schießen lassen, denn sie rennt gegen Hektor.

DUMAIN: Ja, und Hektor ist ein Windhund.

ARMADO: Der süße Degen ist tot und begraben; liebste Kindlein, verunglimpft nicht das Gebein der Dahingeschiedenen; als er lebte, war er ein mutiger Held. – Jedoch ich will fürbaß in meinem Text, süßer Königsproß, lenke auf mich das Organ des Gehörs!

PRINZESSIN: Sprich, wackrer Hektor, es ergötzt uns sehr.

ARMADO: Ich adoriere deiner süßen Herrlichkeit Pantoffel.

BOYET: Er mißt seine Liebe nach Fuß und Zoll!

DUMAIN: In Ermangelung einer Elle.

ARMADO: Hektor, der Hannibal darniederwarf –

SCHÄDEL: Ja, freilich, Gevatter Hektor, mit der Hanne steht's schlimm; zwei Monat wird's her sein.

ARMADO: Was meinst du?

SCHÄDEL: Mein' Seel', wenn Ihr nicht den ehrlichen Trojaner spielt, so ist's arme Mädel geliefert; sie ist guter Hoffnung; das Kind renommiert schon im Mutterleibe, es ist von Euch.

ARMADO: Kalumnifizierst du mich vor Potentaten? Du sollst des Todes sterben.

SCHÄDEL: Dann wird Hektor gestäupt werden wegen der Jacquenetta, der er zum Kinde half; und gehängt wegen des Pompejus, dem er vom Leben half.

DUMAIN: Seltner Pompejus! –

BOYET: Glorwürdiger Pompejus! –

BIRON: Größer denn groß, großer, großer, großer Pompejus! – Pompejus der Unermeßliche!

DUMAIN: Hektor zittert.

BIRON: Pompejus glüht: mehr Ates, mehr Ates! – Hetzt sie auf, hetzt sie auf!

DUMAIN: Jetzt wird Hektor ihn herausfodern.

BIRON: Ja, und hätte er nicht mehr Mannsblut in seinem Gedärm, als ein Floh zum Abendbrot verzehrt.

ARMADO: Beim Morgenstern, ich fodre dich!

SCHÄDEL: Ich will nicht mit Morgensternen fechten, wie die Nachtwächter; klirren soll's, das Eisen soll heraus; hol' mir doch einer meinen Degen wieder her!

DUMAIN: Platz für die entzündeten Helden! –

SCHÄDEL: In Hemdsärmeln will ich mich schlagen! –

DUMAIN: Allerresolutester Pompejus!

MOTTE: Liebster Herr, laßt mich Euch ein wenig herabstimmen; seht Ihr denn nicht, daß Pompejus schon seinen Rock auszieht? Was denkt Ihr denn! Ihr kommt um all Eure Reputation!

ARMADO: Edle Herrn und Kriegsfürsten, haltet mir zu gut, ich will nicht im Hemde fechten.

DUMAIN: Ihr dürft's nicht ausschlagen, Pompejus hat gefodert.

ARMADO: Süße Seele, ich kann es, und ich will es.

BIRON: Welchen Grund habt Ihr dafür?

ARMADO: Die nackte Wahrheit ist, ich habe kein Hemd; ich gehe in Wolle zur Pönitenz.

BOYET: 's ist wahr, das ward ihm in Rom auferlegt, weil er kein Leinzeug hatte: seit der Zeit, ich will's beschwören, besitzt er keins, außer einem von Jacquenettens Wischtüchern; und das trägt er zunächst am Herzen; es ist ein Andenken.

*Mercade tritt auf.*

MERCADE: Heil, Fürstin!

PRINZESSIN: Sehr willkommen, Freund Mercade;
Nur daß du unsre Lustbarkeit hier störst.

MERCADE:
Ich nah' Euch traurig, Fürstin, meine Botschaft
Weilt auf der Zunge schwer; der König, Euer Vater –

PRINZESSIN: Tot, fürcht' ich?

MERCADE: Ja, mein Auftrag ist gesagt.

BIRON: Jetzt, Helden, fort, die Szene wird bewölkt.

ARMADO: Ich, meines Teils, atme freier Atem; ich schaute

die Tage der Kränkung durch den kleinen Spalt der Klugheit, und werde mir Recht verschaffen wie ein Soldat.

*Die Helden gehn ab.*

KÖNIG: Wie geht's, Eu'r Majestät? –
PRINZESSIN: Boyet, trefft Anstalt, ich will fort zu Nacht.
KÖNIG: Nicht so, Prinzessin: ich ersuch' Euch, bleibt!
PRINZESSIN:
Trefft Anstalt, sag' ich. – Dank, ihr edlen Herrn,
Für all eu'r hold Bemühen, und ich bitt' euch
Aus neu betrübtem Herzen – ihr entschuldigt,
Oder vergeßt in euerm klugen Sinn
Die Schalkheit und das Necken unsres Scherzes.
Wenn unsre Kühnheit sich zu weit verging
Im Tausch der Rede, – eure Höflichkeit
War schuld daran. Lebt wohl, erlauchter Fürst;
Gebeugtes Herz führt nicht behende Zunge.
Entschuldigt, ist mein Dank nicht angemessen
Der wichtigen Gewähr, so leicht erhalten.
KÖNIG: Der Zeiten letzter Augenblick gestaltet
Den letzten Ausgang oft nach dem Bedarf;
Ja im Entschwinden selber schlichtet sie,
Was lange Prüfung nicht zu lösen wußte.
Und ob der Tochter gramverhüllte Stirn
Der Liebe heiterm Werben nicht vergönnt
Das fromme Wort, das gern bereden möchte;
Dennoch, weil Lieb' im Feld zuerst erschien,
Laß nicht des Kummers Wolke sie verscheuchen
Aus ihrer Bahn; verlornen Freund bejammern

Ist lange nicht so heilsam, noch gedeihlich,
Als sich des neu gefundnen Freunds erfreun.

PRINZESSIN:
Ich kann Euch nicht verstehn: mein Gram ist doppelt.

BIRON: Gram faßt ein einfach schlichtes Wort am besten;
Und was der König meint, bezeichn' Euch dies:
Um eure Huld versäumten wir die Zeit
Und spielten falsch mit unserm Schwur; eu'r Reiz
Entstellt' uns sehr und wandelt' unser Ziel,
Daß es sich in sein Gegenteil verlor.
So kam's, daß wir euch lächerlich erschienen;
Denn Lieb' ist voller Eigensinn und Unart,
Mutwillig wie ein Kind, abspringend, eitel,
Erzeugt durchs Aug' und deshalb, gleich dem Auge,
Voll flücht'ger Bilder, Formen, Phantasien,
Und wechselt bunt, wie in des Auges Spiegel
Der Dinge Wechsel schnell vorüberrollt.
Wenn, so gescheckte Tracht leichtsinn'ger Liebe
Anlegend, wir in euren Himmelsaugen
Unziemlich schienen unserm Schwur und Ernst,
Verführt' uns euer Himmelsauge selbst
Zu Fehlern, die ihr tadelt. Deshalb, Holde,
Ist unsre Lieb' eu'r Werk, ist's auch der Irrtum,
Den sie erzeugt: abtrünnig wurden wir,
Daß, einmal falsch, euch ewig dauernd bliebe,
Die ihr uns falsch wie treu macht, unsre Liebe.
So läutert Falschheit, Sünde sonst an sich,
Die eigne Schuld und wandelt sie in Tugend.

PRINZESSIN: Wir nahmen eure Briefe, reich an Liebe,

Die Gaben auch, Botschafter eurer Liebe,
Und schätzten sie in unserm Jungfrau'nrat
Für Courtoisie und höflich feinen Witz,
Als müß'ge Zier und Stickerei der Zeit.
Nicht ernstlicher verpflichtet sahn wir uns
In unsrer Würdigung; deshalb ward eu'r Lieben
Nach eignem Maß als leichter Scherz erwidert.
DUMAIN: Die Briefe, Fürstin, zeigten mehr als Scherz.
KÖNIG: Auch unser Blick.
ROSALINE: Wir lasen sie nicht so.
KÖNIG: Jetzt, mit der Stunde letztem Schlag verheißt
Uns eure Liebe!
PRINZESSIN: Viel zu kurze Frist,
Zu schließen solchen endlos ew'gen Kauf.
Nein, nein, Mylord, Eu'r Meineid mahnt Euch schwer;
Ihr seid mit Schuld belastet. Darum hört mich:
Wenn mir zu Lieb' (obgleich kein Grund vorhanden)
Ihr etwas tun wollt, rat' ich, dies zu tun:
Schwört keinen Eid mir, aber eilt sofort
In eine Siedlung, still und abgelegen,
Entfernt von allen Freuden dieser Welt;
Dort weilt, bis durch der zwölf Gestirne Kreis
Die Sonnenbahn den Jahreslauf vollendet.
Wenn solche Streng' und abgeschiednes Leben
Nicht ändern, was dein heißes Blut gelobt,
Wenn Frost und Fasten, Klaus' und leicht Gewand
Nicht welkt die heitern Blüten deiner Liebe;
Wenn sie sich prüfungsstark bewährt als Liebe,
Dann, nach Verlauf des Jahrs, erscheine wieder,

Sprich dreist mich an, errungen durch Verdienst,
Und bei der Jungfrau'nhand, die jetzt die deine
Berührt, ich bin dein eigen. – Bis dahin
Verschließ' ich in ein Trauerhaus mein Leid,
In Tränenregen meinen Schmerz ergießend,
Wehmütig eingedenk des Vaters Tod.
Versagst du dies, laß unsre Hände scheiden,
Und aller Herzensanspruch sterb' in beiden!

KÖNIG: Versag' ich dies, versag' ich, mehr zu halten,
Um meine Kraft der trägen Ruh' zu weihn,
So treffe mich des Todes rächend Walten:
Nun und auf ewig leb' ich dir allein!

DUMAIN: Und wer hilft mir aus meinen Kümmernissen? –

KATHARINE:
Ein Weib, ein Bart, Gesundheit, gut Gewissen;
Keins von dem allen, hoff' ich, sollt Ihr missen.

DUMAIN: Oh, sag' ich gleich denn: dank' dir, liebste Frau? –

KATHARINE: Nicht so, Mylord; erst über Jahr und Tag;
Dann zeige sich's, was Euer Kinn vermag.
Kommt, wenn zu meiner Fürstin kommt der König;
Hab' ich viel Gunst dann, geb' ich Euch ein wenig.

DUMAIN: Bis dahin sei dir treuer Dienst geweiht!

KATHARINE:
Schwört nicht! Ihr bräch't vielleicht auch diesen Eid.

LONGAVILLE: Was sagt Maria?

MARIA: Wenn zwölf Monden schwanden,
Schmück' ich statt Trauer mich mit Brautgewanden.

LONGAVILLE: Geduldig harr' ich, doch die Zeit ist lang!

MARIA: Wie Ihr, noch seid ihr all' zu jung und schlank! –

BIRON: Sinnst du, Geliebte? Holde, schau mich an,
Schau meines Herzens Fenster, schau dies Auge,
Welch fleh'nde Bitte drin auf Antwort harrt;
Gebeut mir einen Dienst für deine Liebe!
ROSALINE: Oft, Lord Biron, hab' ich von Euch gehört,
Eh' ich Euch sah; der Welt vielzüngig Urteil
Bezeichnet Euch als einen dreisten Spötter
Voller Vergleich' und Hohn, der tief verwundet,
Den Ihr auf all und jeden Nächsten lenkt,
Der Euers Witzes Gnad' anheim gefallen.
Den Wermut nun aus Euerm Hirn zu reuten,
Und (wenn Ihr's wollt) zugleich mich zu gewinnen
(Denn ohne dies ist kein Gewinnen möglich),
Sollt Ihr dies ganze Jahr von Tag zu Tag
Sprachlose Kranke sehn, sollt stets verkehren
Mit siechem Elend; Eu'r Bemühen sei es,
Mit Eures Witzes angestrengter Laune
Zum Lächeln Ohnmacht selbst und Angst zu zwingen.
BIRON: Den Mund des Sterbenden zum wilden Lachen?
Das könnt Ihr nicht verlangen. 's ist unmöglich;
Scherz rührt die Seele nicht im Todeskampf!
ROSALINE:
Das ist der Weg, den spött'schen Geist zu dämpfen,
Der Kraft nur schöpft aus jenem nicht'gen Beifall,
Den schal Gelächter stets dem Narren zollt.
Des Scherzes Anerkennung ruht im Ohr
Des Hörenden allein, nicht in der Zunge
Des, der ihn spricht. Drum, wenn des Kranken Ohr,
Betäubt vom Schall der eignen schweren Seufzer,

Anhört den leichten Spaß, dann fahret fort;
Ich will Euch nehmen und den Fehl dazu;
Doch, wenn's Euch abweist, zügelt jene Laune:
Und Euers Fehlers frei find' ich Euch wieder,
Durch solche Sinnesänd'rung hocherfreut.

BIRON:
Zwölf Monde? Nun, wenn's sein muß, Not bricht Stahl;
Zwölf Monde treib' ich Spaß im Hospital.

PRINZESSIN:
Ja, werter Fürst, und also nehm' ich Abschied.

KÖNIG: Nein, Teure, gönnt uns noch ein kurz Geleit!

BIRON: Nicht wie im alten Lustspiel endigt's heut;
Hans hat kein Gretchen; schade, daß die Damen,
Den Ausgang nicht komödienhafter nahmen!

KÖNIG: Still, Freund, das Ende kommt schon, sei nicht bange,
In Jahr und Tag.

BIRON: So spielt das Stück zu lange.

*Armado tritt auf.*

ARMADO: O holde Majestät, vergönnt mir …

PRINZESSIN: War das nicht Hektor? –

DUMAIN: Der würd'ge Held von Troja! –

ARMADO: Ich will deinen königlichen Finger küssen und Abschied nehmen; ich tat ein Gelübde: ich schwur Jacquenetten, um ihrer holden Gunst willen den Pflug zu führen drei Jahre lang. Wollt Ihr jedoch, vielgeschätzte Hoheit, den Dialog anhören, welchen die zween gelahrten Männer zusammengestellet zur Verherrlichung der Eule und des Kuckucks? Er sollte dem Ende unsers Schauspiels angefügt werden.

KÖNIG: Ruft sie sogleich, wir wollen sie anhören.

ARMADO: Holla! Tretet ein! –

*Holofernes, Motte, Schädel und andre treten auf mit Musik.*

Hier stellt sich Ver, der Lenz,
Dort Hiems, Winter; diesem folgt die Eule,
Der Kuckuck jenem; Ver, beginne nun!

## Lied

FRÜHLING: Wenn Primeln gelb und Veilchen blau,
Und Maßlieb silberweiß im Grün,
Und Kuckucksblumen rings die Au'
Mit bunter Frühlingspracht umblühn,
Des Kuckucks Ruf im Baum erklingt
Und neckt den Eh'mann, wenn er singt:
Kuku,
Kuku, Kuku: der Mann ergrimmt,
Wie er das böse Wort vernimmt.

Wenn Lerche früh den Pflüger weckt,
Am Bach der Schäfer flötend schleicht,
Wenn Dohl' und Kräh' und Täubchen heckt,
Ihr Sommerhemd das Mädchen bleicht,
Des Kuckucks Ruf im Baum erklingt
Und neckt den Eh'mann, wenn er singt:
Kuku,

Kuku, Kuku: der Mann ergrimmt,
Wie er das böse Wort vernimmt.

WINTER: Wenn Eis in Zapfen hängt am Dach,
Und Thoms, der Hirt, vor Frost erstarrt,
Wenn Hans die Klötze trägt ins Fach,
Die Milch gefriert im Eimer hart,
Die Spur verweht, der Weg verschneit,
Dann nächtlich friert der Kauz und schreit:
Tuhu,
Tuwit tuhu, ein lustig Lied,
Derweil die Hanne Würzbier glüht.

Wenn Sturm dem Giebelfenster droht,
Im Schnee das Vöglein emsig pickt,
Wenn Lisbeths Nase spröd' und rot,
Der Pfarrer hustend fast erstickt,
Bratapfel zischt in Schalen weit,
Dann nächtlich friert der Kauz und schreit:
Tuhu,
Tuwit tuhu, ein lustig Lied,
Derweil die Hanne Würzbier glüht.

ARMADO: Die Worte Merkurs sind rauh nach den Gesängen des Apoll. Ihr, dorthin; wir, dahin.

*Alle gehn ab.*

# Anmerkungen

10 *Observanzen* – Vorschriften.

11 *Wahrheit indessen hat täuschend schon des Auges Blick geblendet* – Bedeutet: zuviel Studieren verdirbt die Augen.

12 *Die ird'schen Paten …* – Die Astronomen, die den funkelnden Sternenhimmel in ein wissenschaftliches System gebracht haben – wovon der poetisch veranlagte Biron wenig hält.

14 *um Aquitaniens Räumung* – Aquitanien ist ein alter Name für das Gebiet zwischen der Garonne und den Pyrenäen. Der hier geschilderte Besitzstreit ist unhistorisch. Überhaupt sind die politischen Bezugnahmen in diesem Stück meist stark »verfremdet«.

15 *Das Tun und Wirken hoher Waffenmeister* – Die Heldentaten edler Ritter.

*funkelneu von Phras'* – Zu Shakespeares Zeit hatte der Stil, sich so geschraubt wie möglich auszudrücken, viele Anhänger.

*ich selber präsumiere* – Dumm meint: ich repräsentiere.

16 *delphische Ausrufungen* – Die Weissagungen des Orakels von Delphi in Griechenland galten vom 8. Jahrhundert v.u.Z. bis ins 4. Jahrhundert u.Z. als unanfechtbare Meinungsäußerungen der Götter.

18 *Deines seltsam geschürzten Gartens* – Die Gärten im Mittelalter hatten nach strengen Regeln verschlungene Wege und symmetrisch angelegte Beete.

*jenen staubsinnigen Schäfer* – jenen niedrig gesinnten Schäfer.

*Gründling* – Der Name des häufig vorkommenden, wertlosen Fisches galt früher als Schimpfname für das einfache, unwissende Volk.

18 *Furie* – Hier: Rache.

19 *Demoiselle* – (franz.) Fräulein.
*Schöpsenfleisch* – Hammelfleisch, das beliebteste Nahrungsmittel der Engländer.

21 *Juvenil* – Jüngling.
*Sennor* – Motte meint Senior – Altmeister.
*kongruentes Epitheton* – Hier: zutreffendes Beiwort.

22 *gekreuzt zu sein* – unterbrochen zu werden.
*ihn lieben die Kreuzer nicht* – Kreuzer sind kleine Münzen. Motte denkt, daß Armado arm, aber sprichwörtlich stolz wie ein Spanier sei.

23 *das zählt Euch das Kunstpferd vor* – 1589 wurde in London zum ersten Male Marokko, ein dressiertes Pferd, vorgeführt, das zählen und tanzen konnte. Es war eine Sensation in ganz Europa. Marokko und sein Besitzer Bankes wurden später in Rom unter dem Verdacht der Zauberei verbrannt.
*Cupido* – Römischer Liebesgott.
*Herkules* – Sagenhafter griechischer Halbgott und Held.
*Simson* – Nach biblischer Überlieferung verfügte Simson, der zwanzig Jahre lang Richter in Israel war, über ungeheure Kräfte. Als ihm seine Feinde, die Philister, vor dem Stadttor von Gaza auflauerten, hob er die Torflügel samt Pfosten aus ihrer Verankerung und trug sie auf einen Berg (vgl. Buch der Richter, Kapitel 16).
*Rapier* – Fechtdegen.
*Komplexion* – Gesichtsfarbe.

24 *Grün ... ist die Farbe der Liebenden* – Anspielung auf die Weide, das Symbol unglücklicher Liebe.

25 *Ballade ... vom König und der Bettlerin* – In der alten englischen Ballade »König Kophetua und die Bettlerin« verliebt sich der afrikanische König Kophetua, ein Frauenfeind, in die Bettlerin Penelophon und heiratet sie.
*Singe, Knabe* – Musik galt als Linderungsmittel bei schwermütigem oder verwirrtem Gemüt.

27 *dennoch ward Salomo so verführt* – Nach biblischer Überlieferung hatte der sprichwörtlich weise und gerechte König Salomo 700 Frauen und 300 Kebsfrauen, die ihn seinem Gott abtrünnig werden ließen.
*Der erste und zweite Ausfoderungsgrund können mir nicht helfen* – Bedeutet: So ohne weiteres kann ich ihn (Cupido) nach den üblichen Duellregeln nicht zum Zweikampf fordern.
*passado* – (span.) Die Ausfallbewegung beim Fechten.
*duello* – (span.) Die Duellregeln.

28 *Bände in Folio* – Bücher in Großformat.

36 *Maskentragen* – Zu Shakespeares Zeit trugen Damen beim Ausreiten als Schutz gegen Sonnenstrahlen Samtmasken vor dem Gesicht, da Blässe als vornehm galt.

38 *Non point* – (franz.) Durchaus nicht.

40 *Meine Lippen sind kein Gemeinfeld, wenn gleich offen Revier* – In England gab es außer den Gemeindeweiden ebenfalls nicht eingehegte Weiden, die Privatbesitz waren und von mehreren Eigentümern gemeinsam benutzt wurden. Darauf bezieht sich der Vergleich mit Marias Lippen.
*Agat* – Siegelringe hatten oft einen Achat als Stein, in den Figuren geschnitten waren.

41 *Er ist Amors Großvater …* – Der Großvater Amors war der oberste römische Gott Jupiter. Amors Mutter war Venus, die römische Göttin der Liebe, eine Tochter von Jupiter und Dione, der Göttin der Erde und Eichen, dem Nistplatz der als lüstern geltenden Tauben. Als Amors Vater gelten sowohl Jupiter als auch Mars, der römische Gott des Krieges.

42 *affizieren* – reizen.
*staccato* – (ital.) Musikalischer Fachausdruck: kurz abgestoßen.
*tremulando* – (ital.) Musikalischer Fachausdruck: zitternd.

43 *»Vergessen ist das Steckenpferd«* – Refrain einer Ballade, die um 1600 entstand und in der das Verbot des »heidnischen« Steckenpferdes beklagt wurde. Das englische Steckenpferd war eine beliebte Tanzmaske bei den Maifeiern, bestand aus

einem Papp-Pferdekopf und einem Rumpf aus Flechtwerk und erforderte großes Geschick, es tanzen und springen zu lassen.

44 *Ingenium* – (lat.) Talent, einfallsreicher Kopf.

*Minime* – (lat.) Nicht im geringsten.

*l'envoy* – Alte französische Bezeichnung der Schlußstrophe eines Gedichtes, die entweder die moralische Nutzanwendung oder eine Zueignung enthält.

45 *Nichts da von Nicknamen ...* – Schädel versteht die Fremdwörter falsch. Er glaubt, ihm würden Medikamente angeboten, und verlangt nach Wegerich, dem man früher blutstillende Eigenschaften zuschrieb.

*ein salbungsvoller Gruß* – Motte denkt an l'envoy im Sinne einer Zueignung.

*Präambulum* – Vorrede.

46 *So endigte der Markt* – Anspielung auf das englische Sprichwort: Drei Weiber und eine Gans machen einen Markt.

47 *Purganz* – Abführmittel, Reinigung.

*Remuneration* – Belohnung.

48 *Rekompens* – Belohnung.

49 *Cupido* – Römischer Liebesgott.

*Konstabel* – Polizeidiener.

*Des Giulio Riesenzwerg* – Giulio Pippi de Giannuzzi, genannt Giulio Romano (1499–1546), italienischer Maler und Architekt, soll Cupido als Riesenzwerg gemalt haben.

50 *Argus* – Ein alles sehendes, hundertäugiges Ungeheuer der griechischen Sage.

53 *empfahn* – empfangen.

*daß wir den Mörder spielen* – Zu Shakespeares Zeit war es ein Damensport, von einer Plattform aus mit Pfeil und Bogen auf Wild zu schießen, das an dieser Stelle vorbeigetrieben wurde.

56 *Zenelophon* – Vgl. Anmerkung zu S. 25: Ballade ...; sie heißt in der Ballade meist Penelophon.

56 *veni, vidi, vici* – (lat.) Ausspruch Cäsars nach dem Sieg bei Zela (47 v. u. Z.): Ich kam, ich sah, ich siegte.
*videlicet* – (lat.) nämlich.
*Replik* – Gegenrede, Antwort.
*profanier' ich* – entweihe ich.
*des Nemäerlöwen Schlund* – Der Löwe von Nemea, der Nemea verwüstet und entvölkert hatte, wurde von Herkules, einem sagenhaften griechischen Halbgott und Helden, erwürgt.

57 *ein Monarcho* – Ein phantastischer Sonderling. Unter diesem Namen lebte zu Shakespeares Zeit ein verrückter Italiener in London, der behauptete, er sei der Herr der Welt.

58 *König Pipin von Frankreich* – Pippin der Kurze (714–768), König der Franken ab 751.
*Königin Ginevra von Britannien* – Die Gemahlin des sagenhaften Königs Artus von Britannien, der im 5. oder 6. Jahrhundert gelebt haben soll.

60 *küßt sich im Gehn die Hand* – Zu Shakespeares Zeit war es bei den Kavalieren Sitte, sich bei der Begegnung mit einer Dame je nach dem Grad der Verehrung einen oder mehrere Finger zu küssen.

61 *haud credo* – (lat.) das glaube ich keineswegs.
*ein Spießer* – Ein Bock im 5. Jahr.
*Intimation* – Ankündigung.
*Insinuation* – Andeutung
*Explikation* – Erläuterung.
*facere* – (lat.) machen.
*ostentare* – (lat.) zur Schau stellen.
*Inklination* – Neigung.

62 *bis coctus* – (lat.) zweimal gesotten.
*Dictynna* – Eine kretische Gottheit, die im späteren griechischen Volksglauben auch als Mondgöttin verehrt wurde.

63 *Allusion* – Anspielung. Holofernes meint, daß das Rätsel genausogut bleibt, obwohl Kain mit seinem Vater Adam verwechselt wurde.

63 *Kollusion* – Diese Wortverdrehung macht Dumm unbewußt. Kollusion ist ein juristischer Fachausdruck für geheimes Einvernehmen.

*extemporelles Epitaphium* – Eine Grabrede aus dem Stegreif.

*Perge* – (lat.) Schicke dich an, beginne.

*Alliteration* – Stabreim, bei dem sich die Anfangsbuchstaben innerhalb der Zeile wiederholen.

64 *eins von den L len* – L, die römische Zahl fünfzig.

*pia mater* – (lat.) Hirnhaut.

*Membrum* – (lat.) Mitglied.

*Mehercle* – Lateinische Beteuerungsformel: Beim Herkules!

*vir sapit, qui pauca loquitur* – (lat.) der Mann ist weise, der wenig spricht.

65 *Oxhoft* – altes Flüssigkeitsmaß und Faß, das knapp 222 Liter faßt.

*Fauste, precor gelida ...* – (lat.) Während die ganze Herde im kühlen Schatten wiederkäut, laßt uns, mein Faustus, bitte ... Das nicht zuendegeführte Zitat lautet weiter: ... ein wenig aus alten Liebesgeschichten vorlesen. Es ist der Anfang der Eklogen (Hirtengespräche) des Pastoraldichters Mantuanus (Johann Baptist Mantuanus Spagnola, 1448–1516), die im 16. Jahrhundert als Schullektüre weit verbreitet waren. – Holofernes kramt zusammenhanglos Bruchstücke seiner Gelehrsamkeit hervor.

*Vinegia, Vinegia, Chi no ti vede, ei non ti pregia* – (ital.) Venedig, Venedig, wer dich nicht sieht, schätzt dich nicht.

*Ut, re, sol la mi fa* – Tonbezeichnungen in der italienischen Tonleiter. Mit ihnen will Holofernes zeigen, daß er auch in der Musik bewandert ist.

*Horatius* – Quintus Horatius Flaccus (65–8 v. u. Z.), römischer Dichter.

*lege, domine* – (lat.) lest, o Herr!

66 *observieret* – beobachtet.

*caret* – (lat.) es fehlt.

66 *Ovidius Naso* – Publius Ovidius Naso (43 v. u. Z.–17 u. Z.), römischer Dichter.
*Imitari* – (lat.) Nachahmen.
67 *akzidenteller Weise* – zufällig.
*auf dem Wege der Progression* – im Zuge der Entwicklung.
68 *mit einem gratias zu gratifizieren* – mit einem Tischgebet zu erfreuen.
*kraft meines Privilegii* – kraft meines Vorrechtes.
*benvenuto* – (ital.) willkommen; hier: Einladung.
*pauca verba* – (lat.) wenig Worte, keine Umstände.
*ich bin umnetzt von Pech* – Anspielung auf den brünetten Teint Rosalindes.
71 *wie Ajax, sie tötet Schafe* – Ajax, nach Achilles der tapferste griechische Held im Trojanischen Krieg, wurde rasend vor Zorn, als er nach Achilles' Tod nicht dessen berühmte Waffen erhielt. Im Wahnsinn erschlug er eine Herde Schafe, die er für seine Widersacher hielt, und nahm sich das Leben.
73 *der für Meineid steht am Pranger* – Meineidige, die mit Pranger bestraft wurden, trugen auf der Brust ein Schild, auf dem ihre Straftat stand.
*Triumvirn* – Drei Männer, die sich zur gemeinsamen Erringung und Ausübung der Staatsgewalt zusammenschließen.
*Tyburn* – Galgen, benannt nach einem Dorf in der Nähe Londons, wo früher der Richtplatz war.
74 *vier Schnepfen an einem Spieß* – Vier Dummköpfe auf einmal. Die Schnepfe war das Symbol der Dummheit, weil man glaubte, daß sie kein Gehirn habe.
75 *Ihr Ambrahaar beschämt den Ambra selber* – Das bernsteinfarbene Haar Königin Elisabeths von England galt zu Shakespeares Zeit als besonderes Schönheitsmerkmal.
76 *Dir ja hätte Zeus geschworen …* – Der oberste griechische Gott Zeus betrog seine Gemahlin Hera (bei den Römern Juno genannt) ständig mit andern Göttinnen und den schönsten irdischen Frauen.

77 *an dir den Splitter ...* – Anspielung auf die Bibel, Evangelium des Matthäus, Kapitel 7, Vers 3: »Was siehest du aber den Splitter in deines Bruders Auge und wirst nicht gewahr des Balkens in deinem Auge?«

78 *Nestor mit Kindern Seifenblasen machte* – Nestor, der sagenhafte König von Pylos, galt infolge seines sprichwörtlich hohen Alters als Symbol der Weisheit und Gerechtigkeit.

*Läst'rer Timon über Possen lachte* – Der Athener Timon gilt als Prototyp eines Menschenfeindes.

80 *der wilde Sohn des Inderstrands* – Angehöriger der persischen Sekte der Gueber, die die Sonne und das Feuer anbeteten.

81 *Sophisterei* – Spitzfindigkeit.

83 *Aus der Prometheus' echtes Feu'r entglüht* – Prometheus, ein Titan der griechischen Sage, schuf Menschen aus Lehm, stahl für sie das himmlische Feuer und lehrte sie seinen Gebrauch.

85 *Bacchus* – Gott des Weines und der Sinnlichkeit.

*Der stets der Hesperiden Bäum' erklimmt* – Als elfte Aufgabe holte Herkules die goldenen Äpfel aus dem Garten der Hesperiden, Naturgeister, die sie bewachten.

*musikalisch wie Phöbus' Lei'r* – Apoll, der griechische Gott des Lichtes und der Künste, wurde auch Phöbus genannt.

86 *Allons* – (franz.) Vorwärts! Wohlan!

87 *Satis quod sufficit* – (lat.) Was ausreicht, ist genug.

*quondam* – (lat.) unlängst, kürzlich.

*Novi hominem tanquam te* – (lat.) Ich kenne den Menschen so gut wie dich.

*thrasonisch* – prahlerisch. Nach Thraso, einem prahlerischen Soldaten in der Komödie »Der Eunuch« (161 v. u. Z.) des römischen Dichters Publius Terentius Afer.

*Loquazität* – Geschwätzigkeit.

*adrogante Phantasmen* – spitzfindige Hirngespinste.

88 *vocatur* – (lat.) das heißt.

*abbreviieret* – abgekürzt.

*ne intelligis, domine?* – (lat.) verstehst du, Herr?

88 *Laus deo, bone intelligo* – (lat.) Gelobt sei Gott, ich verstehe gut.
*bone, für bene* – Nathanael hat versehentlich bone statt bene (lat.: gut) gesagt.
*Priscianus* – (6. Jahrhundert), römischer Grammatiker.
*Videsne qui venit?* – (lat.) Seht Ihr, wer kommt?
*Video et gaudeo* – (lat.) Ich sehe es und freue mich.
*Quare?* – (lat.) Weshalb?
*Salutationem* – Ich entbiete Euch Gruß.
*aus dem Almosenkorb der Worte* – Zu Shakespeares Zeit wurden die Reste der Mahlzeiten in Körben für Arme aufbewahrt.
*honorificabilitudinitatibus* – Ein von Lateinschülern zum Spaß erdachtes Wort, das die Möglichkeiten der lateinischen Wortbildung übertreibend verulkt.
*Mandelschiffchen* – Ein Leckerbissen.
*Literatus* – Gelehrter.

89 *pueritia* – (lat.) Knabenalter; hier: du Halbwüchsiger.
*Quis, quis* – (lat.) Wer, wer.
*Mediterraneum* – Mittelmeer.
*Infantia* – (lat.) Kindheit; hier: kleine Kinder.
*infamia, circum, circa* – (lat.) Schande, ringsherum.

90 *ad unken* – Gemeint ist ad unguem, (lat.) bis auf den Fingernagel, bis aufs Haar.
*praeambula* – (lat.) geht voraus.
*senza dubbio* – (ital.) ohne Zweifel.
*Posteriora* – (lat.) Der letzte Teil (mit Anklang an »Hinterteil«).

91 *regalieren* – beschenken.
*Ostentation* – Schaustellung.
*Hilarität* – Heiterkeit.
*die neun Helden* – Als traditionelle Helden der Weltgeschichte galten der sagenhafte Königssohn Hektor von Troja, Alexander der Große (356–323 v. u. Z.), König von Makedonien, und der römische Diktator Julius Cäsar (100–44 v. u. Z.);

die jüdischen Heerführer und Könige Joshua, David und Judas Makkabäus; der sagenhafte König Artus von Britannien, Karl der Große (742–814), König der Franken ab 768, und der Führer des ersten Kreuzzuges und erste König von Jerusalem, Herzog Godfrey von Bouillon (1061–1100). Shakespeare scheint eine andere Vorstellung gehabt zu haben, denn er fügte den sagenhaften Herkules und den römischen Staatsmann Gnäus Pompejus Magnus (106–48 v. u. Z.) ein.

92 *Minorennität* – Unmündigkeit. Vgl. Anmerkung zu S. 122: Der Cerb'rus tot schlug.

*Residuum* – Rest.

*Animo* – (lat.) Hier: Meiner Seel', meiner Treu!

*Andiamo* – (ital.) Gehen wir.

99 *Schwarz, wie das große B im Vorschriftbuch* – Unter Vorschriftbuch ist die Schulfibel zu verstehen. Die Sprecherin spottet über Rosalines brünetten Typ. Der Buchstabe B mag auf Biron Bezug nehmen.

*die O's auf deiner Wange* – Blatternarben.

100 *Sankt Denys* – Sankt Dionysius war der Schutzpatron Frankreichs.

102 *Paladin* – Ritter.

104 *Epithet* – Beiwort.

106 *Malvoisier* – Malvasier, ein griechischer Süßwein.

107 *In Frankreich heißt's ein Kalb* – Veau (franz.: Kalb) wird »wo« ausgesprochen.

109 *Damaskus' Rosen* – Damaszener-Rosen, Monatsröschen.

*Entwölkte Engel* – Es heißt, daß sich die Wolken öffnen, wenn Engel zur Erde hinabsteigen.

110 *Spelt* – Spelzen, Getreidehülsen.

111 *Courtoisie* – (franz.) Höflichkeit.

114 *Hyperbeln* – Übertreibungen.

*senza* – (ital.) ohne. Der Gebrauch dieses Wortes ist ein Rückfall Birons in seine frühere Manier.

114 *Herr, von Pest erlös' uns* – Die früher übliche Inschrift an Häusern, in denen die Pest herrschte.

115 *kondemniert* – verurteilt.

116 *Saltimbank* – Marktschreier, Quacksalber.

117 *Ihr könnt uns nicht übertölpeln* – Ihr könnt uns nicht für schwachsinnig erklären. Zum Nachweis des Schwachsinns dienten gewöhnlich schwierige Rechenaufgaben. Das Verfahren wurde mitunter sehr willkürlich gehandhabt und brachte den Betroffenen unwiderruflich unter die Vormundschaft eines »Pflegers«, der über dessen Besitz und Vermögen frei verfügen durfte, was nicht selten zu Mißbräuchen führte.

119 *fortuna della guerra* – (ital.) Kriegsglück.

120 *Ein Cinquenwurf im Novum* – Ein Fünferwurf im Novum, einem Würfelspiel, bei dem die Fünf und die Neun die besten Würfe waren.
*Pardelkopf* – Leopardenkopf.
*Tartsche* – Schild.

121 *sie steht zu grad' im G'sicht* – Alexander der Große soll stets den Kopf schief gehalten haben.
*mein gar feinriechender Wicht* – Hiermit ist Boyet gemeint, der Nathanaels Unähnlichkeit mit Alexander sozusagen wittert.

122 *mit der Hellebarde in der Pfote auf dem Nachtstuhl* – In einer alten Geschichte über die neun Helden besteht Alexanders Wappen aus einem goldenen Löwen, der auf einem Stuhl sitzt und eine silberne Streitaxt hält.
*Cacamillus* – Ein erfundener Name, zusammengesetzt aus dem Namen des römischen Feldherrn Camillus und cacare (lat.: kacken); also etwa »Camillus der Kacker«.
*Der Cerb'rus tot schlug …* – Herkules bezwang Cerberus, den Hund (lat. canis), der das Totenreich bewachte, und trug ihn nach Mykene. Als Einjähriger zerdrückte er zwei Schlangen, die Hera ausgesandt hatte, um ihn zu töten.

122 *canis* – (lat.) Hund.
*manus* – (lat.) Hand.
*Quoniam* – (lat.) Weil.
*minorenn* – minderjährig.
*Ergo* – (lat.) Also.
*Apologie* – Entschuldigung.
*Ischariot* – Dumain tut, als ob der Schulmeister nicht Judas Makkabäus, den volkstümlichen Führer im jüdischen Befreiungskampf gegen syrische Könige (166–130 v.u.Z.), sondern Judas Ischariot darstellt, der nach der biblischen Überlieferung Jesus Christus durch einen Kuß an seine Häscher verriet.

123 *es war ein Holderbaum* – Der Legende zufolge erhängte sich Judas Ischariot an einem Holunderbaum.
*ein Lautenkopf* – Lauten waren am Ende des Halses mit einem grotesk geschnitzten Kopf verziert.

124 *Esel bohren* – Eine von einer bezeichnenden Handbewegung begleitete Beleidigung, entspricht etwa unserem »Du hast einen Vogel«.
*Achilles* – Tapferster griechischer Held im Trojanischen Krieg, der Hektor tötete.
*ein Trojaner* – In der Sprache der Shakespearezeit ein Zechbruder.

125 *Ich adoriere* – Ich bewundere.
*der Hannibal darniederwarf* – Hier irrt Armado, denn Hannibal, ein berühmter Feldherr aus Karthago, lebte erst von 274 bis 183 v.u.Z. und kämpfte gegen Rom.

126 *Kalumnifizierst du mich vor Potentaten* – Verleumdest du mich vor fürstlichen Machthabern.
*mehr Ates* – Ate ist die griechische Göttin des Unheils und der Verblendung.

127 *zur Pönitenz* – als Bußübung.
*zu reuten* – zu reißen.

134 *Kuku* – Hahnrei.

135 *Bratapfel zischt in Schalen weit* – Bratäpfel mit geröstetem Brot, Zucker und Gewürzen galt in England als Leckerbissen.
*Merkur* – Römischer Götterbote, Schutzpatron der Kaufleute. Die »Worte Merkurs« sind Prosa, die »Gesänge des Apoll« Poesie.

William Shakespeare
Hamlet
Prinz von Dänemark

*Übersetzt*
*von Theodor Fontane*

*147 Seiten*
*Band 5550*
*ISBN 3-7466-5550-1*

Shakespeares »Hamlet« trat zu Ende des 18. Jahrhunderts seinen Siegeszug über die deutschen Bühnen an. Seitdem hat die Tragödie vom Prinzen von Dänemark immer wieder Schriftsteller, Übersetzer, Theater- und Filmleute zu neuen Interpretationen herausgefordert. Auch der junge Theodor Fontane gehörte zu ihnen. Vermutlich kurz vor seiner Englandreise 1844 oder Anfang der fünfziger Jahre des 19. Jahrhunderts entstand seine »Hamlet«-Übersetzung, eine Jugendarbeit, die sich durch »Klarheit, Gedrungenheit und Schlagkraft« des Stils auszeichnet, an die Übertragung von August Wilhelm Schlegel durchaus heranreicht und sie in manchen Partien sogar übertrifft.

AtV
Aufbau Taschenbuch Verlag

William Shakespeare
Was ihr wollt

*Aus dem Englischen*
*von Rudolf Schaller*

*118 Seiten*
*Band 5551*
*ISBN 3-7466-5551-X*

»Vergleiche nicht die Liebe, die ein Weib zu mir kann fühlen, mit meiner Liebe zu Olivia.« So Herzog Orsino zu seinem Pagen Cesario, den er zu Gräfin Olivia auf Brautwerbung schickt. Orsino ahnt nicht im geringsten, daß der Page in Wirklichkeit Viola heißt, eine Frau ist und überdies in ihn verliebt. Doch damit nicht genug. Die Gräfin verliebt sich in den schönen Pagen, und der wiederum hat noch einen Zwillingsbruder, der ihm sehr ähnlich sieht …

William Shakespeare
Ein
Sommernachtstraum

*Aus dem Englischen*
*von Rudolf Schaller*

*96 Seiten*
*Band 5552*
*ISBN 3-7466-5552-8*

Oberon, der König des Elfenreichs, will sich mit einem bösen Schabernack an seiner Gemahlin Titania rächen. Er träufelt der Schlafenden den Saft einer Wunderblume auf die Augen, damit sie sich beim Erwachen in das nächstbeste lebende Wesen verliebe – »sei's Löwe, sei es Bär, Wolf oder Stier, ein naseweiser Aff', ein Paviänchen«.

»Ein Sommernachtstraum«, die vielleicht erfolgreichste Komödie William Shakespeares, ist ein heiteres Verwirrspiel um Liebe und Ehe, das den Zuschauer in ein Labyrinth von Mißverständnissen und fehlgeleiteten Gefühlen entführt.

AtV
Aufbau Taschenbuch Verlag

Alexandre Dumas
Der Graf von Monte Christo
*Roman*

*2 Bände*
*in Kassette*

*962 Seiten*
*Band 1456*
*ISBN 3-7466-1456-2*

Edmond Dantès ist neunzehn, als zwei schurkische Freunde, der eine ihm das geliebte Mädchen, der andere ihm die Zukunft rauben. Er ist dreiunddreißig, als ihm durch Mut und Verwegenheit die Flucht aus dem Inselgefängnis des Château d'If gelingt, in dem er durch ihre haltlose Denunziation vierzehn Jahre lang begraben war. Als Graf von Monte Christo kehrt er ins Leben und unerkannt in die Pariser Gesellschaft zurück, nur von dem einen Gedanken beseelt: Rache zu nehmen. Alexandre Dumas' fesselnder Roman ist bis heute der romantischste unter den großen Klassikern der Unterhaltungsliteratur geblieben.

AtV
Aufbau Taschenbuch Verlag

Alexandre Dumas

# Die Bartholomäusnacht

»La Reine Margot«

*Roman*

*Aus dem Französischen*
*von Christine Hoeppener*

*721 Seiten*
*Band 1050*
*ISBN 3-7466-1050-8*

Zu den Hochzeitsfeierlichkeiten ihres jungen Königs Henri de Navarre mit der 19jährigen Marguerite de Valois sind Protestanten aus ganz Frankreich nach Paris, in die Machtmetropole der Katholiken geströmt. Das Fest wird für sie zur Falle: in der Nacht zum 24. August 1572, der »Bartholomäusnacht«, werden in den düsteren Gängen des Louvre und in den Straßen der Stadt Tausende von ihnen niedergemetzelt. Die schöne, leichtlebige Marguerite, vom Volk Margot genannt, gerät in den Strudel dieser Auseinandersetzungen, in den Konflikt zwischen Macht und Liebe, mörderischer Staatsräson und tiefer Leidenschaft.

AtV
Aufbau Taschenbuch Verlag

AtV
Washington Irving
SLEEPY HOLLOW
Der neue Film von Tim Burton mit Johnny Depp, Christina Ricci und Miranda Richardson

Georg Terramare

Jeanne D'Arc

Die Magd von Domrémy

*Roman*

*448 Seiten*

*Band 1646*

*ISBN 3-7466-1646-8*

Jeanne d'Arc – Mythos, Heilige, Nationalheldin ... Doch nichts schien das einfache Bauernmädchen, vor fast 600 Jahren im Dorf Domrémy-la-Pucelle geboren, für ein solches Schicksal zu bestimmen. Sie war wie andere Mädchen auch – bis sie »Stimmen« hörte, eine göttliche Vision hatte. Eine Frau, ein Mädchen noch, ruft sie den Dauphin von Frankreich auf zum Kampf gegen die Feinde ihres Landes. Mehr noch: Sie selbst, als Mann gekleidet und in schwerer Rüstung, führt das Heer in die Schlacht, das Orléans befreit.

Als sich das Kriegsglück wendet, läßt der Hof sie fallen. Als Ketzerin und Hexe auf dem Scheiterhaufen verbrannt, wird Jeanne d'Arc zu der Legende, die das Jahrtausend überdauert.

AtV

Aufbau Taschenbuch Verlag